当代中国小说中的女性形象
与文化转型研究

胡 莎◎著

吉林文史出版社
JILIN WENSHI CHUBANSHE

图书在版编目（CIP）数据

当代中国小说中的女性形象与文化转型研究 /胡莎著. -- 长春：吉林文史出版社，2025. 4. -- ISBN 978-7-5752-1080-5

Ⅰ. I207.42

中国国家版本馆 CIP 数据核字第 2025W9U713 号

当代中国小说中的女性形象与文化转型研究

DANGDAI ZHONGGUO XIAOSHUO ZHONG DE NÜXING XINGXIANG YU WENHUA ZHUANXING YANJIU

著　　者：胡　莎

责任编辑：张涣钰

装帧设计：袁思文

出版发行：吉林文史出版社

电　　话：0431-81629352

地　　址：长春市福祉大路 5788 号

邮　　编：130117

网　　址：www.jlws.com.cn

印　　刷：武汉鑫佳捷印务有限公司

开　　本：880mm×1230mm 1/32

印　　张：7.25

字　　数：151 千字

版　　次：2025 年 4 月第 1 版

印　　次：2025 年 4 月第 1 次印刷

书　　号：ISBN 978-7-5752-1080-5

定　　价：78.00 元

伴海耕读文丛编委会

主　编：路文彬

副主编：刘方方　孙凡迪

编　委：上官文露　冰　岩　苏　军

　　　　　纪小北　　刘军茹　马媛颖

　　　　　胡　莎　　苏文韬

倾听他者的言说：呼唤与回应

——"伴海耕读文丛"总序

刘军茹

"伴海耕读"这个名字，第一次知晓是在导师路文彬教授的个人微信公众号。后来又读过他大量与大海有关的文学创作，参加过他以"伴海耕读"为名的读书会和公益讲座，才真正意识到这个词语，对于路老师不仅仅是一个动作，一种状态——在沉默与孤独中倾听和创造；更是一个时空——在学术与生活、文学与生命的有限时空里的无限诗意和自由。而"文丛"系列再次以此命名，本身就是对自身历史的确定，是一种情感，一种承担，对自我和命运的承担，更意味着对终将无法被禁锢、被消弭的自由冥想之地的期许、承续和坚守。

第一批收入"文丛"的专著是四篇博士论文，方晓枫的《中国当代小说中的家庭伦理与空间叙事》、马媛颖的《中国当代小说中的情爱叙事（1979— ）》、胡莎的《当代中国小说中的女性形象与文化转型研究》、冯琼琼的《金庸小说类型学》。四位作者都是北京语言大学中国现当代文学专业的博士，所以他们的博士求学时光或多或少与我有一些交集，其博士论文也跟拙著《中国新时期小说中的感官建构（1976—1985）》一样，大都聚焦于新时期或新时期以来小说中的伦理选择和现实困境。这样的选题无疑有着师从同门的学术传承，同时也显示出几位年轻学者从新时期文学出发的学术自觉，以及直面社会现实的问题意识。

新时期作为中国当代文学最活跃、最关键的阶段，一直是学术史、思想史研究的重点和前沿热点。在 20 世纪末和 2009 年左右的两次较集中的"重返"中，谢冕、洪子诚、戴锦华、韩少功、张旭东、李杨、南帆、程光炜等学者对这一时期的断代分期、文学流派、文学事件、文学经典等进行了再论述，而新时期文学所表现出的"启蒙主义、低调的个人主义的重倡"（戴锦华），也被认为是普遍的时代之声。而后，生机勃发的人们欣欣然睁大了眼睛，对现代化的热切渴望，以及挣脱文化桎梏的强烈愿景，都指向新时期个人价值重构的思想启蒙主潮。就像尼采以"骆驼、狮子、孩子"隐喻人生的三个阶段，"我要"的狮子主动跟巨龙搏斗，彰显自我，征服一切，不想再成为"应当"的骆驼而被动接受命令。但当我们成为狮子的时候，成为绝对的饱满和否定的时候，则很容易掉进凝视的深渊，或走向另一种暴力。正如以赛亚·伯林所说，为了拯救人们脱离不成熟、错误、迷惘，而坚持道德的唯一性，结果却使人被唯一性所奴役，即"始于拯救，而终于暴政"。相比伯林的警示，霍克海默和阿多诺的表述则更为明确："被彻底启蒙的世界却笼罩在一片因胜利而招致的灾难之中。"如若被"启蒙"了的真实世界／现实生活的本来面目被控制、被掩饰，那么简单地真诚地说"是"的孩子／新生命又如何返回大地？

在对现代化进程的怀疑与反思中，同一性的伦理秩序、既有逻辑开始动摇，人们开始意识到对唯一性的追求，其实是一种自我中心的单向话语，而单向主体的建构不仅拘囿思想，也带来了现实冲突不断。加缪后期反思欧洲战争，认为"启蒙哲学导致欧洲战火纷飞"，并进一步提出"既然人的拯救不能由上帝实现，那么便应该在大地上完成"。而同样走出唯一性的狂热的我们，不禁自问"没有了偶像如何生活"？由此，一系列对于主体的重新界定再次被提出。尼采对"孩子"的热望，弗洛姆对重存在的"新人"的旌扬，特别是潘尼卡的"宾格之我"，以及福柯基于临床医学考古而提出新的感知构型，将主体推向了感受他异性的方向。而后继的列维纳斯的"面容"、德里达的"好客"，也都指向了自我对于他者的敞开、相遇，以及倾听。

于是，拨开层叠普照的现代性启蒙之光，"文丛"的几位年轻学者重返新时期以来的文学场域，重返文学史的社会历史现场和文本内部，在私人性的日常生活叙事中，感受他异性存在，倾听他者的言说。倾听就是承认他者的存在，言说就是打破我作为一个高扬的主体的优先性，言说的他者使我有了一种责任，这种责任是对他者的呼唤作出回应。当传统的形而上学终结后，我们最终面对的其实就是现实世界中的自我以及更多的他异性。"他异性"即人的全部，包括虚弱、不足和缺陷，自然也包括了黑暗森林中那些扭曲者、低位者、漂泊者。马媛颖对"第三者"、胡莎对"悍妇"、方晓枫对"城中村"的"外乡人"的叙事研究，有着凸显的共同逻辑线索，共同指向了新时期以来小说中的差异性存在，以及基于呼唤与回应的伦理关系的重建。他们的这种主动地试图突破"遮蔽"的写作本身，亦是一种责任，更是一种勇气和雄心。

伦理学首先将这种责任描述为对于一种声音的倾听。于是，马媛颖俯身倾听到"第三者"的声音，这个新时期以来小说中所建构出的新女性，她们被贴上了寄生、有病与脱离常轨的标签，逐渐边缘化，甚至驱逐出正常社会的范畴。如果女性是"第二性"的话，那么"第三者"则是更低一级的"其他人"。胡莎的研究对象是 1978—2000 这一时期小说中的"悍女"形象，从"铁姑娘"到"泼妇"，再到"女强人""女汉子"，在社会身份和刻板印象的变迁中，"悍女"则一直是作为被投射的他异性存在。方晓枫的家庭伦理研究时空跨度很大，尤为可贵的是挖掘出"城中村"的"外乡人"这一他异性群体形象，他们在城市化进程中不可避免地面临着传统的差序格局伦理关系的裂变，作为外来农民的错位感、异化感、无家可归感，让他们始终无法靠近当地的市民和农民。外乡人、第三者、悍妇等，这些被隔离、被定义的"杂草"，这些与主流标准不太一样的声音，悄然而又高昂着出现在这些年轻学者的学术视野，书写本身就是对他者的倾听，对呼唤的回应。

如何倾听差异性他者的言说，如何面对他者而负起自我的责任，甚至开拓出更多的无法被理性或权力所同化的可能性、异质性，以及反抗性？列斐伏尔认为："一定要撕破面纱才能到达现实。这个面纱源于并不断地再生产着日常生活，并且把日常生活内在的更深刻、更崇高的意义和真相隐蔽了起来。"于是，几位学者抽丝剥茧地一层层撕开面纱，通过对大量散见于文本中的日常生活细节的敏锐捕捉，重新描述了自我与他者之间道德伦理关系的复杂性。这种描述还在于几位博士对社会学、哲学、政治学、心理学等跨学科理论和研究方法的运用。比如方晓枫借鉴空间理论研究了不同空间中家庭伦理关系的嬗变，胡莎则从传统／现代、城市／乡村、家庭／公域等时空维度分析悍女的形象建构及其伦理关系。这种多视角的跨学科研究，从隐蔽面纱的边缘切入而直抵现实与真相，从而呈现出异于主流叙事框架的中国当代文学史乃至社会现实的局部形态及其轨迹。

考察新时期以来小说中的这些具体而偶在的局部形态，倾听那个已经被建构、被想象的单向话语之外的声音，似乎都在指向对多元的、多声音的新时代文学的畅想，以及基于呼唤与回应的听觉伦理关系的建构。相比马媛颖的"第三者"在"重占有"的失序的两性情爱伦理关系中，无法与他人达成情感联结而陷入伦理羁绊的书写困境，胡莎的"悍女"形象则果敢泼辣、独立自主，在面对社会伦理与女性经验的冲突时，不仅表现出对自身权利的追求，而且也会以自己的方式尽可能地达成两性之间的共识与和解。方晓枫所关注的那些默默服务于城市的外乡人，也逐渐被包容、接纳与庇护，并获得了言说的合法性和延展性。而这样的"文学畅想"对于喧嚣和欲望、灾难和战争不断扩大化的当下以及更多不确定的未来，更具现实意义。现实世界原本是多元的，是每一个表达着的自我和他者，只有在不同声音的呼唤与回应中，才会对自我中心的单向话语保持质疑、抗争。偏重耳朵的中国文化内敛和谐的听觉特质，一定程度上达成了对支配性的视觉霸权的抵抗，而

"非礼勿听""以学心听"的儒家伦理规范，强调声音发出者要不断地调整自身的态度和姿态以接受对方。或者说，正是听者与被听者、自我和他者的不断调整的对话与融合，才使得中华文明源远流长，成为唯一没有中断的古文明。这也成为几位研究者进一步深入"畅想"自我与他者如何在联结中达至和谐共在的理想状态的新路径。当然，冯琼琼的《金庸小说类型学》更侧重叙事学研究，也算"文丛"中的"他者"。金庸作为通俗小说作家，其武侠小说虽然也有江湖恩怨传奇，但更多的则是武侠外衣下的人的情感经验、成长成才，即"借暂时的人物来表现永恒的人性"。而冯琼琼从事件、情节、人物、环境四个方面总结金庸武侠小说类型变迁的关键词也包含了"成长"，"英雄侠士尽归隐，不才小宝称至尊"这样的"成长"轨迹，已然表明作者对金庸小说研究在更深层次的伦理传统上的思考与批判。从这个意义上看，冯琼琼博士的这部金庸研究，与其他三部一样，无疑都有着探求中国文学乃至理想社会可持续发展的学术价值。

我们还注意到，四位年轻的作者，读博之前都有几年的工作经历，之后选择重返学术殿堂，博士毕业后把教书育人作为毕生追求，也是心之所向，也是对自我历史的回归，对内在呼唤的回应。而主编路文彬教授，作为国内听觉伦理研究的奠基者之一，作为几个年轻学者求学道路上的倾听者、引领者，用言传身教的方式主动回应着每一个探路者的砥砺前行，在"伴海耕读"这片诗意的栖息地倾听每一叶远帆的孤独和自由。正如胡莎在"后记"中所说："我将秉承路先生爱与自由的学术精神，继续追逐和传递文学世界的光与热。"呼声由远及近，唯欲回归者闻之。愿我们在"伴海耕读"中追寻和回归，愿我们在呼唤与回应中相遇和倾听！

最后，感谢著名作家梁晓声先生对"文丛"以及年轻学者们的支持，其亲笔所题"伴海耕读"四字如海边灯塔，真诚而慈悲地照耀、引领、同情着每一个深海耕读的灵魂。

2024 年 1 月 28 日

目　录

绪　　论

一、选题缘起

笔者作为一名女性，一直比较关注时代如何赋予女性多重身份的问题，同时也在反思这种贴标签的行为给当代女性以及两性关系所带来的影响和焦虑。从词源角度考察，中国传统文化意义上的女性就是"妇"，而非"女"。据《康熙字典》来看，"妇"（繁体字为"婦"）在《尔雅·释亲》中的定义为"子之妻"，"又女子已嫁曰妇。妇之言服也，服事于夫也"①。在《礼·昏义》则记载了"妇人先嫁，三月教以妇德、妇言、妇容、妇功"②的内容。简言之，中国古代的"妇"就是在家庭空间中持帚、洒扫和服侍家务的女人。"女"在古代的本义为未出嫁的女子。《淮南子·地形训》中有言："土地各以类生，泽气生女。又已嫁曰妇，未字曰女。"③在《说文·男部》中，对"男"的定义为"丈夫也。从田从力，用力于田也"④。从这个定义可以看出，"男"

---

① 汉语大词典编纂处：《康熙字典·标点整理本》，上海：汉语大词典出版社，2002，第201页。
② 汉语大词典编纂处：《康熙字典·标点整理本》，上海：汉语大词典出版社，2002，第201页。
③ 汉语大词典编纂处：《康熙字典·标点整理本》，上海：汉语大词典出版社，2002，第190页。
④ 宗福邦、陈世铙、于亭：《古音汇纂》，上海：商务印书馆，2019，第1360页。

在词源意义上说，是最早出现并活动在田野等公共空间的。而关于"性"的释义，《说文》有言"人之阳气性善者也"，在《孝经·说》中，对于"性"的定义则为"性者，生之质也。若木性则仁，金性则义，火性则礼，水性则知，土性则信"①。在经历了千年儒家文明和伦理发展历程后，性和男女都是由来已久的最基本的哲学概念。但是直到 19 世纪末，作为概念的男性和女性才在日本出现，然后进入中国的大众视野②。可见，"女性"一词在近现代中国有一定的传播规模、历史和对象，相比"妇""女"的现代意义和实践价值更加明显。笔者在文中所论述的新时期以来小说中的悍女形象，不局限于女性已婚还是未婚，妇人还是少女，在更大的性别意义上包括可能涉及的符合悍女形象定义的女性，并结合小说文本分析悍女形象在文学历史中的变迁特征，以及这类形象与空间叙事伦理的关系。

在历史上，人们对于悍女的刻板印象和形象塑造，可以追溯到古希腊时代的亚里士多德和阿里斯托芬。在古罗马的尤维纳利斯、十七八世纪的江奈生（又译约拿旦）·斯威夫特、本杰明·富兰克林、弥尔顿、康德等人的论著和作品中，都讨论过既不安分又聒噪的悍女形象。这些著作观点的共同点都认为"驱使人类战胜巨大困难取得成功因素是高贵的男性气概……女性应该是安静的"③。这些观点意味着女性应当"没有性吸引力，顺从、服从、甘于屈从于男性的世界，理所当然地接受被限制在一个被贬低的

---

① 汉语大词典编纂处：《康熙字典·标点整理本》，上海：汉语大词典出版社，2002，第 201 页。

② 刘禾、瑞贝卡·卡尔、高彦颐、陈燕谷：《一个现代思想的先声：论何殷震对跨国女权主义理论的贡献》，《中国现代文学研究丛刊》2014 年第 5 期，第 78 页。

③ ［美］苏珊·布朗米勒：《女性特质》，徐飚、朱萍译，南京：江苏人民出版社，2006，第 97 页。

活动领域之中"①，因此"经过重新整合到可接受的女性社会行为领域的是一种驯服的、驯化的性形式，有助于劳动力的再生产和对劳动力的安抚"②。当女性符合以上所指涉的这种气质模式，才有可能被社会接受，不至于引起人们对女性的担心——"担心她们用'魅力'魅惑男性，将他们置于权力之下，并激发他们如此这般的欲望以至于忘记一切社交距离和规范"③。因此在道德声辩的公共领域当中，处于从属地位的女性声音很少响起，其在道德哲学领域尚未留下一丝痕迹④。事实上在家庭空间，由于"拘囿于家庭，听从男人的管束，顺从的女人成了家宅里的天使；如果无拘无束地生活在世上，或是向男性的统治发起反叛，她便成了'恶魔的通道'，实即一种暧昧的恶"⑤。而当这类女性"敢于走出家门，在公共空间开始为市场工作之时，被描绘成淫荡的泼妇"⑥，这意味着男性权力结构遭到了现实挑战，"对于那些一心想要摧毁过去、深入那些最难以察觉的生活习惯控制人们的行为、瓦解习俗和义务的改革精英来说，她们是令人不安和恐惧的存在"⑦。从文学角度看，有不计其数的女性严格遵循着传统世俗、宗法礼教及言行举止的制度规定，将男性中心主义者所期待的想象内

---

① ［意］西尔维娅·费代里奇：《对女性的恐惧：女巫、猎巫和妇女》，陈超颖译，上海：光启书局，2023，第34页。

② ［意］西尔维娅·费代里奇：《对女性的恐惧：女巫、猎巫和妇女》，陈超颖译，上海：光启书局，2023，第31页。

③ ［意］西尔维娅·费代里奇：《对女性的恐惧：女巫、猎巫和妇女》，陈超颖译，上海：光启书局，2023，第32页。

④ ［美］内尔·诺丁斯：《女性与恶》，路文彬译，北京：教育科学出版社，2013，第58～60页。

⑤ ［美］内尔·诺丁斯：《女性与恶》，路文彬译，北京：教育科学出版社，2013，第58页。

⑥ ［意］西尔维娅·费代里奇：《凯列班与女巫：妇女、身体与原始积累》，龚瑨译，上海：上海三联书店，2023，第125页。

⑦ ［意］西尔维娅·费代里奇：《对女性的恐惧：女巫、猎巫和妇女》，陈超颖译，上海：光启书局，2023，第35页。

化，"逐渐依赖上了同实现它们结合在一起的那些报偿"[1]，自觉或者不自觉地成为贤妇、烈女、贞妇，被作家塑造成贤良淑德的女性形象。与此同时，在中西方的小说、戏曲、戏剧当中出现了一批违世乖俗的悍女形象，她们粗鲁蛮横、任性放纵、拈酸吃醋，甚至伤及他人。西方有古希腊戏剧《美狄亚》、英国17世纪戏剧《麦克白》《李尔王》《驯悍记》。中国从六朝到唐宋，再到元明清戏曲小说，以及中国现当代小说都塑造了诸多悍女形象，表现出与传统女性不同的人生态度——传统女性服从男性传统规范和家长制结构。由于时代话语和社会心理的变迁和发展，文学文本中的悍女形象存在泼妇、悍妇、"铁姑娘""女强人""女汉子"等称呼上的差异，然而她们的共性在于，面对社会伦理与女性经验的冲突时对传统约束持有抗拒和反叛的意识。

随着时代发展和空间拓展，这类形象的文学想象和伦理实践也在变迁。新时期以来，尤其是改革开放以来，随着政治经济体制改革不断深化，中国社会在政治、经济、文化等领域都步入了转型期，尤其是伴随西方女性主义思潮的强势涌入，中国当代文学的叙事走向、叙事方式、书写对象及呈现的审美效果都发生了巨大的变化。新时期以来的文学，从伤痕文学、反思文学到改革文学，再到寻根文学、先锋文学等，逐渐打破了以国家政治话语为中心的政治宣教枷锁，开始走向了蕴含着个体化历史经验的表达。经过20世纪80年代中后期的实验和积淀，到了90年代中后期及21世纪初，关于小说叙事的表现和探讨基本完成了从国家政治层面到个体化历史文化层面的转折，形成了新

---

[1] ［美］内尔·诺丁斯：《女性与恶》，路文彬译，北京：教育科学出版社，2013，第58页。

的叙事话语和伦理实践景观。

从形象学角度看，由于形象的特殊性，悍女往往成为当代作家无法回避的叙述和表现对象。虽然在有些作品中，作家并非要刻意塑造悍女形象，但是这类女性作为小说主人公的重要对比或者烘托的角色仍普遍存在。尤其进入新时期以来，中国当代小说的叙事题材和主题，逐步由国家政治、集体生活回归到富于个体经验和情感的日常生活，探究和反思女性生活与时代变迁之间的关系。而随着新时期以来叙事题材和主题重心的转向，叙事空间场景也在催化着悍女形象进行其阐释价值的创新和更迭。

从小说叙事视角看，新时期以来的大批作家或多或少地描述了悍女形象，探讨其性格特点、社会身份、人生道路选择、两性伦理关系等问题。然而，由于中国传统审美文化崇尚的是情感体验，而非纯粹理性认知，因此在小说中呈现出了文学情感维度的丰盈和自由理性的相对匮乏。这就导致在小说文本预设情节出现伦理冲突时，中国作家倾向于情感的体量而非伦理正义的评判，容易在伦理道德和性别意识层面将人物形象、两性关系、世代关系进行非褒即贬地呈现与投射。比如一位作家如果将小说人物刻画得很丑，或者人物的道德言行引起了读者的反感，那么读者容易产生一边倒的批评指责，反之则因为小说人物形象符合传统伦理道德规则而受到过度的赞赏。这种问题在新时期以来小说中的女性形象塑造中，显露得尤为明显。其中的悍女形象一直是被程式化的传统伦理道德抨击的对象。在学术界，与之相对应的学术研究也多集中于"时代背景＋形象类型""文学理论＋风格"或"女性主义伦理叙事＋

二元对立批评"等范畴，但鲜有研究者将悍女形象书写与空间叙事、形象建构及其伦理实践等的分析探讨纳入研究视野。

可以说，从性别意识和空间叙事视角去观照悍女形象建构的研究尚不多见。特别是自改革开放以来，乡村城镇化速度加快，越来越多的女性从相对封闭的家庭空间拥入相对开放的公共空间，成为职场女性。政界、商界、文化界的女强人如雨后春笋般活跃在各行各业，甚至出现了女性收入和地位超过男性、单身女性延迟结婚等新的社会文化现象，悍女的历史和未来再次成为人们关注的焦点。因此，从文学现实角度看，悍女的人生状态、心理感触和言行举止的时空演变与延展，客观上要求作家在创作过程中亟须转变对悍女的刻板印象和评价标准，也提醒着文学研究者走出象牙塔，站在更高远、更新颖、更全面的视角去解读小说空间叙事中的悍女形象及其伦理意义和价值。

二、相关概念释义

第一个需要释义的概念是"悍女"。"悍"在中国古代多用于男性，意为勇猛锐气。《说文解字》对"悍"的释义为："悍，勇也，从心旱声。"[1]《汉书·儒林传》："武帝时，婴尝为董仲舒论于上前，其人精悍，处事分明。"[2]颜师古对此的注解认为"悍"体现出"强悍、勇锐"[3]之意。

---

① ［汉］许慎：《说文解字》，北京：中华书局，2013，第219页。

② ［汉］班固：《汉书（下）》，长沙：岳麓书社，2008，第1341页。

③ ［汉］班固：《汉书·卷八十八》，北京：中华书局，1975，第659页。

《汉语大词典》对"悍"的释义为"蛮横、凶狠"①，《现代汉语词典》中的"悍"则意为"蛮横无理"②。将"悍"这个字用于描述女性时，就意味着这类女性体现出强硬急躁、蛮横无理等特点。结合词源意义和传统文化观念来看，人们对于强悍蛮横的女性大多持否定和怀疑的态度。而且很多时候，"悍"是与"泼""妒""怨""恨"等词语放在一起描述这类女性的。原因在于，大多数近代以前的女性，由于活动空间受限于家庭内部宗族体系和道德文化制度的约束，她们平常所妒忌怨恨的对象是有限的，一般是与其处在同一空间交往范围的同性甚至异性。起因有如影响女性家族地位的相貌性格、生活习惯、亲子关系、婆媳关系、话语方式等。这些女性桀骜不驯又凶悍泼辣，男性气概十足，因此在以父权制为中心的传统社会道德文化体系中，这类女性对男性权力地位构成了一定程度的威胁，是令人们感到厌恶甚至畏惧的存在，即是悍女。经过以上查考可见，由于世界文化语境的深刻影响和悍女自身对男性中心主义的迎合与服从，在传统文化眼光中，悍女形象是不被认可的。首先，父权制所强调的是男性气概，而且这种气概专属于男性，是男性的特别权力，以至于男性"渴望在冒险中寻求荣耀，不可能遵守平静安全的理性生活；还渴望找出与他看不起的女人之间的区别"③。在父权制深刻影响的文化背景下，具有十足男性气概的悍女不被男性群体认可，也不被顺从于男性的女性群体认可。其次，悍

① 汉语大词典编纂处：《汉语大词典》，上海：上海辞书出版社，2011，第10144页。
② 中国社会科学院语言研究所词典编辑室：《现代汉语词典》，北京：商务印书馆，2012，第513页。
③ [美]哈维·曼斯菲尔德：《男性气概》，刘玮译，南京：译林出版社，2009，第33页。

女是从属于家庭时空范畴内的女性形象,这种形象在怨恨、妒忌、憎恶等心理的综合作用下,外在言行彪悍凶狠、无理任性,并且经常将其自身的这种情绪威慑于她周围的人,以倾诉和发泄其复杂的情感。再次,这类女性可能是已婚妇人,也可能是未婚女性,与其年龄、婚姻没有必然关系。因此悍女相比于"泼妇""悍妇""妒妇"而言,综合了忌妒、怨恨、恐惧等心理特点,具有时代演变和空间转换的关联性,也具有广泛的产生原因和丰富的情感因素。悍女作为一个全面而贴切的概念,更有助于笔者分析探讨悍女形象书写及其空间叙事伦理所表现的共同特征和变迁特点。

新时期以来小说中的"女强人""女汉子"等悍女形象,与传统意义上的泼妇、悍妇以及"十七年"小说中的"铁姑娘"等悍女形象,既有区别,也有联系,既有延伸,也有演变。本书所探讨论述的悍女形象,主要指的是自我国1978年进入新时期以来至21世纪初,由于受到新时期以来尤其是转型期的政治、经济和文化背景,以及创作理念、创作环境的多重影响,由作者结合自身的创作经验和性别观念演变历程塑造而成的一类女性形象。她们果敢泼辣、独立自主,有强烈的主体意识,并期待在性别世界中以自己的方式达成两性之间的共识与理解。根据叙事主体、发生场景、叙事空间等因素,笔者将新时期以来的悍女形象分为新传统女性、知识女性、职场女强人等类型。

从空间叙事伦理角度看,不论是在家庭空间,还是在公共空间,人们对于悍女形象的刻板印象都格外复杂,也随着时代发生了历史变迁。这种复杂的印象来源于社会传统体系中的伦理倾向及社群意识的定性思维。在社会性别领域，矛盾的性别歧视主义者认为，女性相比男性受到的喜爱更多，但是肯定更少。原因在于，女性并不被认为和男性具有同等的地位和能力[①]。这些观点持有者的女性观来源于性别歧视而非性别差异，在他们看来，女性尤其是悍女有着强烈的控制欲，待人冷淡、富有侵略性，动摇了男性的社会权力和地位。此外，他们认为妻子、母亲等传统角色，属于需要关怀的客体。这就造成一种结果，即公共空间中的悍女虽然敬业称职，但是冷淡自私、贪婪霸道，令他人尤其是男性感到恐惧嫉妒，甚至受到威胁的压力。而从属于家庭空间中的传统女性则让人感到体贴入微、友善放松。

这种性别观点的问题在于，一是由于对女性存在偏见，强化了男性权力中心视角以及在这种视角下男性所享有的特权，对于悍女形象的认知和评价存在片面性。二是由于20世纪文学叙事重心的空间转向打破了时间叙事的垄断，笔者有必要重新评价和定义空间叙事中的悍女形象。当女性形象在空间叙事视角下焕发出阐释的意义和价值时，时间线性叙事在空间叙事中就开始融合消解。因此在空间意义上，新的叙事创作与评论生长点就产生了，而生长点主要体现在空间叙事中的悍女形象对于时间惯性和僵局的冲击。在一次次的冲击下，悍女形象不再受到时间单一性的束缚，而是在空间叙事中多向度展现自身的女性特质，由此悍女形象书写与建构获得了伦理张力和实践动力。因此，本书通过深入探讨悍女形象的空间叙事，从传统—现代、

---

① ［美］玛丽·克劳福德、罗达·昂格尔：《妇女与性别——一本女性主义心理学著作》，许敏敏、宋婧、李岩译，北京：中华书局，2009，第113页。

城市—乡村、家庭空间—公共空间等维度来分析论述悍女形象书写与形象建构的伦理意义及实践价值。

第二个需要释义的概念是"空间叙事"。在研究各种叙事现象中，空间具有独特的叙事功能和意义。从20世纪开始，学界针对叙事学的争论就一直未曾停止。批评家们从多个角度、多种语境与文化背景下对此进行了大量探讨。因此笔者在此回避对"叙事"的追根溯源和理论跋涉，但是有必要对"叙事"在本论文中的使用和借鉴进行学理界定。"叙事"是一个含义复杂而丰富的文学理论术语。从广义范围看，叙事不仅指的是对于物品、空间或者情节的叙述，同时还有对意识、时间层面的叙述；从文学范围上说，叙事表示的是在结构主义小说创作中一种常用的表现手法。从哲学辩证的角度讲，叙事一般表示的是在因果关系、内在逻辑上存在相关性的各类事件的符号再现[1]。在《解读叙事》一文中，热拉尔·热奈特、希利斯·米勒提出了这样的观点，即："叙事"概念体现出一定的判断意味，能够表现出阐述烦琐的时间与重复等因素，叙事之所以体现出这些特点，主要是由于叙述同样属于诊断，也就是以识别、判断符号的方式来予以阐释和解读。叙述者是置身事外的旁观者，能够以局外人的身份写出一些曲折、委婉的隐喻。虽然表面上这些描述都有非常清晰的指向性，然而读者需要逐步深入来解开心中的疑惑[2]。从上述可知，所有的叙事性文学作品都是时间与空间的统一体，属于一种发展时间非常久远的文学与实践活动，空间和时间在其中发挥重要

---

① 程锡麟：《叙事理论概述》，《外语研究》2002年第3期，第10～15页。

② 王先霈、王又平：《文学理论批评术语汇释》，北京：高等教育出版社，2006，第345页、347页。

的影响和作用。时间与空间是关乎人类生命体验的重要因素。从认知角度看,时间与空间属于人类了解和感知这个世界的基本维度;从哲学的角度看,时间与空间能够说明各种物质的属性与存在方式,时间能够反映事物的持续性,而空间能够体现事物的延展性。然而一直以来,人们对于时间与空间都缺少重视且存在偏见。他们一般将时间和进步、历史等挂钩;将空间和容器属性、物理属性联想在一起。在这种叙事方式中,时间和空间并不对等,一来和以往的历史决定论、理性思维相关;二来将小说艺术局限地理解为时间艺术,其主要的定义依据来自以下两个方面:一方面是语言属于线性描述,具备的是历史性的阅读和书写特点,读者和作者都无法脱离书本顺序,因而体现出共时性。另一方面是在描述故事情节时,所有的事件都有特定的时间背景,这也与人们的常规思维逻辑相符。所以传统叙事对时间体现出偏爱、对空间体现出贬抑的趋势。而当20世纪发生"空间转向"后,人们将叙事中的时间与空间重新认识和定位。列斐伏尔在《空间的生产》中指出空间并非静止的、物质的,而是体现出生产性特点,具有特定的政治性和目的性。空间是在社会背景下形成的[1]。由于生产方式不同,不同的空间不仅存在着区别,而且也会因此影响人们的物质生活与精神生活。在福柯看来,空间和权力、知识联系密切,整个社会的发展历史也可以看作是权力的演变历史。在知识空间内的多种构型产生了不同的经验知识[2]。在《空间的诗学》一书中,巴什拉发表观点

---

[1] Henri Lefebvre.Donald Nicholson-Smith,Trans. The production of space,Massachusetts:Blackwell,1991,p.26.

[2] [法]福柯:《词与物》,莫伟民译,上海:上海三联书店,2001,第353页;参阅[法]福柯:《权力与话语》,陈怡含译,武汉:华中科技大学出版社,2017。

称：空间不是空洞的存在，它承载着人类的意识。他对"家宅"这一人类亲密空间的阐述极具现代哲学的诗意："家宅是世界中的一隅，是最原始的宇宙"①，从现象学和象征主义的角度对一系列空间意象做了分析。可以说，空间叙事是基于 20 世纪西方叙事理论空间转向形成的新理论，在经典叙事学中属于核心组成部分，后来在文学、哲学、地理学、社会学等学科得到了普遍应用。在空间叙事模式下，物质或非物质的空间是叙事者用来叙事的媒介，结合符号学中能指与所指的含义，通过叙事的形式来传递信息，让信息获取者能够通过自身的主观认知获得相应的信息体验。空间叙事的逻辑是时间的存在以及空间的因果关系，体现出共时性、同存性特征，属于"时空复合体"方法论，也是空间并置结构体系②，人们运用空间叙事理论能够对各种不同类型的空间进行分析探究，如家庭空间、公共空间等。在中国当代小说中，莫言、张抗抗、铁凝、方方、张洁、徐坤等作家通过家庭空间与公共空间叙事方式，以空间作为承载悍女形象写作意识和创作理念的容器，从而打破了传统写作线性时间叙事的单一，并通过空间叙事传递和承担了叙事的功能和意义。因此，如果说叙事连接了世界与人的意识，则空间就是连接历史和现在的介质。叙事受研究重心和角度的制约，在空间叙事和历史的联系包括其意义方面的研究还存在不足，同时基于"空间转向"形成的文学叙事从时间重心到空间重心的递进和演变，都为本书研究提供了新的角度和论据。

---

① ［法］加斯东·巴什拉：《空间的诗学》，张逸婧译，上海：上海译文出版社，2009，第 2 页。

② 肖竟、曹珂：《叙述历史的空间——叙事手法在名城保护空间规划中的应用》，《规划师》2013 年第 12 期，第 98～103 页。

第三个需要释义的概念是性别伦理和社会伦理。

首先是性别伦理的概念。一直以来，马克思主义理论框架下的女性解放都包含在人类解放当中，提出之所以存在男女不平等的问题，根本上就在于阶级压迫与私有制，解决这两个问题是整个人类得到解放的前提。巴特勒也持有类似的观点：从社会构建的角度来看待性别主体，塑造女性成熟的自我。由于性别无法脱离文化、政治土壤而单独存在，它基于这些背景条件产生并由此得以维系①。生理性别是自然演化的结果，社会性别是社会文化的一部分，目前存在的性别个体的自身矛盾、性别伦理矛盾，以及性别个体和社会群体之间、生理性别与社会性别之间的问题，基本上都是由人与外部环境、人与社会存在矛盾所引起的。所以，想要协调各种性别矛盾还需要找到解决问题的突破口，即协调人与外部环境、人与社会的矛盾关系。具体来说就是以性别平等伦理关系为基础和前提，女性的自我意识得以慢慢形成并稳定发展，从而弱化因性别问题带来的矛盾，最终达到两性间的相互尊重、和谐共处和优势互补。就像恩格斯说的那样：人类的自我意识就像奇异的凤凰，所有最贵重的东西聚集在一起筑成毁灭的柴火，将旧事物付之一炬，青春有如浴火重生一般再现②。

在传统社会文化中，"嫁鸡随鸡，嫁狗随狗""夫唱妇随"的观念根深蒂固。受到性别观念束缚的女性被打上本分贤惠的烙印，被要求以维持家庭空间的事务性活动为职责，而几无参与公共社会活动的机会。在柏拉图和亚里

---

① ［美］朱迪斯·巴特勒：《性别麻烦》，宋素凤译，上海：上海三联书店，2009，第 4 页。

② ［德］马克思、恩格斯：《马克思恩格斯全集（第 41 卷）》，中共中央马克思恩格斯列宁斯大林著作编译局译，北京：人民出版社，1982，第 267 页。

士多德的价值等级观念中，女性被认定为固有地低于男性，只是作为顺从和忠贞于男性的附属物[①]。尤其是在黑格尔提出"他者"问题后，波伏娃也产生了思考，认为"她是附属的人，是同主要者相对立的次要者。他是主体，是绝对，而她则是他者"[②]。在波伏娃看来，任何一个主体都不会自愿沦为一个次要者、一个客体。并非"他者"在对自我进行"他者"界定期间确立"此者"，事实上在对自身界定为"此者"期间，"此者"已经树立了"他者"[③]。如果一个女人被男人确立为"他者"，则这个男人会期望她成为一个忠实的共谋者。对此，马克思提出了一个犀利的观点。他认为："以对待婢女的方式对待妇女，将其看作是私人财产、淫欲对象，这体现的是人的本体的无限退化……人与人之间自然的、直接的、必然的关系即为男人对妇女的关系。"[④]然而随着现代劳动秩序的演变，不论男性还是女性，"社会劳动的过程变成了一个自我疏离的场域"[⑤]"导致了一种人与身体的分离感，身体被物化和简化成了一个人们无法立即认同的对象"[⑥]。这一切都指向现代人的身体的异化本质，即"人的类本质……变成了对人来说是异己的本质，变成了维持他的个人生存的手段。异化劳动使人自己的身体同人相异化，同样也使在人之外的自然界同人相异化，使他的精神

[①]［美］内尔·诺丁斯：《女性与恶》，路文彬译，北京：教育科学出版社，2013，第 60 页。

[②]［法］西蒙娜·德·波伏娃：《第二性》，陶铁柱译，北京：中国书籍出版社，1998，第 11 页。

[③]［法］西蒙娜·德·波伏娃：《第二性》，陶铁柱译，北京：中国书籍出版社，1998，第 11 页。

[④]［德］马克思、恩格斯：《马克思恩格斯文集第 1 卷· 马克思恩格斯文集（1843-1848 年）》，中共中央马克思恩格斯列宁斯大林编译局译，北京：人民出版社，2009，第 184 页。

[⑤]［意］西尔维娅·费代里奇：《凯列班与女巫：妇女、身体与原始积累》，龚瑨译，上海：上海三联书店，2023，第 181 页。

[⑥]［意］西尔维娅·费代里奇：《凯列班与女巫：妇女、身体与原始积累》，龚瑨译，上海：上海三联书店，2023，第 182 页。

本质、他的人的本质同人相异化"①。而与现代社会人身体异化同步出现的现象是，"社会行为的同质化，以及所有人都要遵循的原型个体构建"②"它以统一的方式构建，并作为一个社会平均数被彻底地去个性化，因此它全部的能力只能从最标准化的方面被理解"③。于是，社会行为同质化、标准化催生了社会性别平等意识的兴起。在这个过程中，女性和男性的分化包括性别矛盾也在不断加剧。在很多女性主义者看来，这一问题又严峻到近乎极端的程度。需要仔细考虑的是，两性意识的分化诱发了更多的女性自我矛盾，其中的冲突并不比男性与女性之间的良性矛盾更弱。一方面，因性别平等观念的存在，女性开始萌发自我意识，女性渴望思想解放、渴望独立自主，也渴望实现地位的提升；另一方面，在现实的社会环境下，由于很多传统思想是无法彻底改变的，女性短时间内无法完全打破其与男性的性别差异本质。在这种情况下，女性依然留存有依附于男性的心理，包括对两者地位和关系的默认。两种状态交互之下，女性在家庭空间和公共空间中的异化和分化也越来越明显。正如波伏娃提到的：由于女性缺少确切的资源，这会促使其认为与男人之间需要纽带连接，然而两者之间并不存在相互性的问题，再加上其本性使然，女性容易成为"他者"角色，可能也并不执着于取得主体地位④。对此，帕森斯认为女性对于个人处境的理解多会考虑到性别因素，女性常

---

① Karl Marx,Werke Artikel Entwürfe M.rz1843 bis August 1844,in MEGA,erster Abteilung,B.2,Belin,Dietz Verlag,1982,S.242.

② ［意］西尔维娅·费代里奇：《凯列班与女巫：妇女、身体与原始积累》，龚瑨译，上海：上海三联书店，2023，第 198 页。

③ ［意］西尔维娅·费代里奇：《凯列班与女巫：妇女、身体与原始积累》，龚瑨译，上海：上海三联书店，2023，第 198 页。

④ ［法］西蒙娜·德·波伏娃：《第二性》，陶铁柱译，北京：中国书籍出版社，1998，第 13 ～ 17 页。

常对性别问题进行反思，它直接影响人们的现实生活。在性别问题方面，波伏娃提出了女性主义关于性别差异的理论，其中分为三种性别伦理观。第一种女性主义性别理论强调"普遍的人性"，认为男性、女性并无本质区别，希望女性能够和男性享有一样的尊严和权利，一样获得自由；第二种女性主义性别理论追求的是男女两性的自然差异。同时提出，需要基于差异对女性的价值进行重估，让女性发掘自我，实现自我回归，对自我有更加深入且全面的认识；第三种女性主义性别理论提出，性别属于社会伦理的预设，在现实社会环境下自然而然地形成男性和女性，女性的角色定位是承担社会职能和坚守社会道德。波伏娃非常认同第三种理论，提出该性别伦理"充分体现了女性在现实生活环境下急切的改变愿望，也非常希望能够建立足够公平正义的社会"[①]。总而言之，波伏娃关于女性主义性别伦理的第一种理论属于"普遍人性理论"，强调性别平等；第二种属于"自然差异论"，强调性别公正；最后一种属于"社会预设论"，强调性别和谐。

艾森伯格的观点是，现代社会大量的矛盾都通过复杂而深刻的方式体现出和身份相关的差异性，也可以理解为，涉及性别平等问题的矛盾一直围绕差异性和身份问题而存在[②]。在这个意义上说，性别代表了身份差异。在父权制社会，女性高度服从男性，女性群体地位低下、不受重视，体现出空间权力的不对等和性别的不公正。在弗雷泽的思想中，这种不公正的根本问题在于需要在承认的条件下调

---

① ［英］苏珊·弗兰克·帕森斯：《性别伦理学》，史军译，北京：北京大学出版社，2009，第 30～34 页。

② Avigail Eisenberg. Diversity and Equality: Three Approaches to Cultural and Sexual Difference. The Journal of Political Philosophy.2003,1(11):p.13.

整身份制度，从而克服此类不公平问题[①]。明确性别差异并非强调两性对立，主要是为了在认同性别差异的基础上对其进行超越，在地位、机会、价值和尊严等方面寻求男女性别平等。

从男性女性的自我意识和自身社会地位层面看，女性自我意识与社会地位体现出矛盾，女性社会地位会对其自我意识产生影响，反之社会意识又会影响社会地位。在蕾切尔等人看来，相较于男性来讲，女性更有关怀特质，比男性更愿意主动承担劳动工作，这和女性群体的性别定位密不可分[②]。凯特认为很多时候，女性的自我体验和其自身认知中的社会角色存在矛盾，女性得到心理满足的过程，一般都离不开在辛苦操劳中对他人幸福的关注，其体现出一种矛盾心理。一方面，她们竭尽所能来帮助别人在生活上获得满足感，并把这当作自己天然的义务。另外一方面，她们对于别人未能同样对待她们而产生不解，不明白为何没有得到必要的平等[③]。

通过以上性别伦理概念的厘清，笔者认为女性道德判断的特定性、情境性、叙述性与其脆弱表现并无较大关联，将女性看作是存在的相对独立的个体，标志着道德走向成熟，强调彼此诉求并关注其需求，让其有更高的心理满意度，并促进了她们的道德发展[④]。由于长期处于家庭空间，女性较强的自律性、道德约束性使男权社会秩序不断被强化。

---

① ［美］南茜·弗雷泽：《正义的尺度：全球化世界中政治空间的再认识》，欧阳英译，上海：上海人民出版社，2009，第69页。

② Rachel Karniol, Efrat Grosz,Irit Schorr. Caring,Gender Role Orientation,and Volunteering. Sex Roles,2003,6(49):p.15.

③ EvaF.Kittay. Love's Labor:Essays on Women,Equality,and Dependency. New York:Routledge,1999.

④ Seyla Benhabib.The Generalized and the Concrete Other:The Kohlberg-Gilligan Controversy and Feminist Theo-ry.Praxis International,1985(4):p.403.

如果打破这种家庭空间的传统定位，让女性走进社会，则一些没有走出家庭空间的女性会对此进行指责和抱怨。这充分体现了性别偏见已深深融入女性的内在思想意识当中，实际上是厌女症的一种表现。这种表现特点在于，按照女性所处空间类型的不同，处于家庭空间居多的家庭女性与处于公共空间居多的职场女性之间存在着互相妒忌与渴望。即，"一方妒忌另一方'稳固'和特权，被嫉妒者则渴望超越那个意味着尊贵的小圈子，进而获得对方所具有的被她称之为自由、冒险和与大千世界的联系的那些东西"①。而同时涉足家庭空间和公共空间的男性，享受着社会政治经济的权力。他们不仅设定双重标准，并且让不同空间的女性作为对手互相争斗、对峙。这种对峙就导致了这样一种情况，即不论是家庭女性还是职场女性，都将自身锁定和滞留在男性历史主义理性层面，未走出男性权力意识的园囿，将导致女性缺乏历史情感和批判向度的反抗精神，也未能积蓄足够强大的力量厘清个人情感和历史存在之间的关系。要知道，在世界很多地方，女性"在历史上被视为历史的编织者——是那些让过去的声音和社群的记忆保持鲜活的人，并通过将它们传递给未来的一代，创造一种集体的认同和深刻的联结感"②。由此可见，相比于男性，女性一直担负着传承已经习得的知识和智慧的历史责任，在先天上就是具有历史情感并善于传递和创造集体认同感与联结感的群体。因此，构建先进的、追求两性平等、打破固有性别印象的文化体系至关重要。女性自身也应当自

---

① ［美］凯特·米利特：《性的政治》，钟良明译，北京：社会科学文献出版社，1999 年，第 58 页。
② ［意］西尔维娅·费代里奇：《对女性的恐惧：女巫、猎巫和妇女》，陈超颖译，上海：光启书局，2023 年，第 47 页。

立、自强、自尊、自信，对于其在经济进步、社会发展方面起到的积极影响、作出的贡献予以肯定。

另外一个概念是社会伦理。社群是公共空间的组成部分，它连接着社会与个体。即便规模扩大，社群仍包含在人类社会当中，那么社会伦理是什么呢？对此，高兆明的理解是："将社会伦理关系作为研究主体，基于权利－义务关系这一核心，追求达到人的自由，即是关于社会自由及其实现条件的社会公正的理论。"①20世纪20年代《青年进步》杂志上曾经刊登过温菲尔德·斯科特·霍尔博士的理论："社会伦理是一个新的概念，它的存在用以揭示社会环境中的正当与错误，体现出社会学、伦理学的共通之处。"②霍尔博士对人类社会的社会伦理归纳为三种，其中两种和道德心理有关，即："一是个人的角度，属于解决和确定个人习惯、态度、地位，构建其社会往来的趋向；二是社会角度，协调除家庭外的所有社会往来"③。霍尔通过比较直白的介绍来对社会伦理关系进行阐释，认为是各种"社会往来"，存在正当和不正当的情况，对于是否正当的判断，主要依据是个人和社会的"习俗""态度"，究其实质依然是个体与社会的"精神往来"，以比较直观的形式将人性呈现在公共空间领域。个体精神水平不一，凸显的是不同的道德水平及公共领域的精神层次④。

从表面上看，公共空间领域的个体以独立的身份出现，但个体为了自己的存在和安全，不得不对群体表现出足够

① 高兆明：《"社会伦理"辨》，《学海》2000年第5期，第36页。

② ［美］霍尔：《社会伦理与两性生活之关系》，胡山源译，《青年进步》1923年第65期，第31页。

③ ［美］霍尔：《社会伦理与两性生活之关系》，胡山源译，《青年进步》1923年第65期，第31页。

④ ［美］霍尔：《社会伦理与两性生活之关系》，胡山源译，《青年进步》1923年第65期，第31页。

的顺从，他们无形中不得不遵循自己所归属的公共空间群体的集体意愿。可以说，在通常情况下，随着个体融入群体，个体不断弱化自我，同时个体最具大众化的伦理观念得以保留，为社会伦理的形成提供基础。

在我国传统社会中，不论是男性还是女性，个体都会通过对某个共同体进行依附，通过共同体来确定自身的价值并享受其中的权利。在孙隆基看来，中国人有"安心"和"安身"思想，很在意别人对自己的"定义"，所以就要通过别人的"心"来影响自己的"身"①。因此，受中国传统社会文化体系影响至深的人们，从相对宁静的家庭环境来到相对开放混乱的公共环境中，自然而然地感觉到强烈的不适感和不安全感，也就不足为怪了。然而，当他们接下来开始和公共社群空间建立联系，随着在公共领域活动时间的增多和空间范围的拓展，其稳定性、安全感也有所提升。这里提到的安全感主要说的是心理感受，这样的感受和个体自身在公共区域体会的安全性相关。因此，当正义与善、个人与共同体、权利与利益这些作为当代社会生活的存在形式，开始由私人领域蔓延和跃进到公共领域时，这些概念在使用和实践过程中就有了社会属性，也就具备了社群伦理的属性。在社群伦理的属性基础上，其基本原则的金字塔因此得到构建。正如埃兹奥尼在《回应性社群主义纲领：权利和责任》中提出，社群需要对人格提升予以重视，所有的社群成员能够具备自治能力并进行自我管理，同时要关注服务他人的问题，而并非仅以自我为中心②。社群伦

---

① 孙隆基：《中国文化的深层结构》，桂林：广西师范大学出版社，2011，第40页。

② Amitai Etzioni, The Spirit of Community: Rights, Responsibilities, and the Communitarian Agenda, NewYork : Crown Publishers,1993,p.254.

理应该具有社群共享、权利与责任并重、强调公共道德等
基本原则，同时由于社群心理效应和道德心理光晕，社群
伦理还应具备理性回应和观念开放的原则，他称之为"道
德行为所需的心理力量"[①]。进一步说，从社会伦理的衍生
情况来看，不论是在社会现实还是当代小说中，由社会伦
理出发而被人们关注和探讨的问题，从道德动机到道德实
践行动，不仅和很多人有利益关系，还一直处在伦理道德、
传统价值观念的边缘，特别是在产生维护公共利益、个人
利益以及坚守传统道德观念的想法时，将引起更大范围和
深度的关注、质疑和回应。理性、艺术化地表现个人利益
诉求，对个人的情绪、智力表现力都是一种考验。20 世纪初，
我国伦理学研究者张季英就曾提到：所有能够进行道德评
断的人，都离不开内部之智、情、意三者作用。如果人有
明敏的思想、高尚的道德和坚定的意志，其行为就可以合
乎伦理。这种条件为伦理提供基础。但是也有人智力明敏、
道德高尚、意志顽强，却缺少最高的原理作为参照，所以
表现出无所适从。

　　由此可见，伦理学和心理学是相通的，二者存在内在
的相互影响[②]。这名学者将伦理理解为"智、情、意"的基础，
可以说是直击重点。而当代社会现实与小说中有关公共空
间社会伦理也呈现出问题百态。过度的"情"将违背理性，
过于直白的利又会制约"智"，如果没有足够正直的"意"，
道德也会缺位，"智、德、意"三者的总体水平无法很好
地满足文明社会公共讨论需求，最主要就是因为伦理道德

---

① Amitai Etzioni, Moral dimensions of educational decisions: the essential place of values-rich curricula in the public schools.School Administrator,2008(5):p.22~25.

② 张季英：《心理学与伦理学之关系》，《江苏省立第二女子师范学校汇刊》1915 年第 1 期，第 3 页。

观念的基础不够牢固，从而导致"智、情、意"不平衡。公共领域的社群也是社群关系决定它所理解的"社会正义"，在以往的定义中，正义意味着适用规则制度的社会群体当中的所有成员，都在继续适用相应的规范与标准[①]。

　　公共空间叙事中的规范和规则并非呆板的教条，讨论者通常会站在自己的角度，根据自己的道德伦理来理解这些规范和规则。在各大现实问题都被引入规范、规则进行说明时，尽管正义的核心部分不受影响，然而其边界却不清晰，规范和规则二者间体现出流动性。皮尔斯和查曼的观点是："若证实边界能够被渗透，即边界体现出社会流动性信念结构，就需要执行个人的'退出'策略，假若将个人命运看作是和其群体成员身份相关，也就是表现出社会变化信念结构，则集体会有更大的可能性来做出行动。"[②]动态的正义体现出，若公共讨论未能向着理想的状态演进，则注定会使一些人失望。如果不转变这样的情况，他们对于正义信念的坚守也会受到较大考验；相应地，一些在现实空间中遇到困难的人以另一种形态进入公共领域，想要以这种方式来寻求到正义。基于边界的可渗透性特点，公共讨论者也会进行流动。社会伦理的心态和状态主要在于，这样的边界渗透需要以信念坚定、追求正义的人居多，从而维持社会流动性的信念结构的稳定。反之，若不追求正义的人居多，即该结构产生逆向倾斜，公共讨论一定会推动重大公共事件演变到更加无法控制的境况。但好在这种情况是违背公共事件内在机理的，所以只会以假设的、可

---

① Heller A.Beyond Justice.Oxford:Basil Blackwell,1987,p.279.

② Pearce JM.Charman E.A Social Psychological Approach to Understanding Moral Panic.Crime,Media,Culture,2011,7(3):p.294.

能性的形式存在。可以说，社群中的社会正义是通过社会与个体的关系来共同界定的，正如安乐哲所言："在社群中，由我们的角色和关系而呈现出来的生活充分考虑在内，并以此去界定社会正义。"① 笔者通过以上对社会伦理概念的厘清，所提及的公共空间个体的消失、社群如何界定社会正义等问题，都可以被应用于针对新时期以来小说中悍女形象所展开的社会伦理探讨之中。基于此，悍女在小说空间叙事中的形象塑造与伦理特征变迁，值得继续深入研究。

性别伦理和社会伦理既有区别又有联系。两者区别在于重心倾向和维度不同。性别伦理是从性别的差异化这个维度所衍生出来的概念，在实践上具有一定的时间长度和空间广度；社会伦理是从社群共同性和个体差异化的维度所衍生出来的概念。联系在于两者同属于伦理学的概念和实践范畴，都是能够引起人们强烈关注和争议的概念。

因此，本书所研究的新时期以来小说中的悍女形象所引发的探讨范畴，不仅有伦理学中的性别伦理和社会伦理、善与恶，还涉及叙事学中的"叙事"、建筑设计学中的家庭空间与公共空间、社会心理学中的"厌女"等概念。而将这些概念进行重叠后，就突显出小说与现实双重空间的伦理性，即伦理体现人在现实空间的实践活动中，同时伦理为叙事空间所规约，并通过伦理实践的方式建构空间，展现出文学评论与研究的新景观。因此，本书关注聚焦点在家庭空间与公共空间中的悍女形象所处在的场景、与之发生关联的人物角色，以及这些人物角色在不同空间叙事

---

① ［美］安乐哲：《儒家的角色伦理学与杜威的实用主义：对个人主义意识形态的挑战》，李慧子译，《东岳论丛》2013 年第 11 期，第 5～16 页。

中的实践方式及其伦理意义，从而阐释悍女形象在伦理实践与构建空间中的意义和价值。

三、研究现状与研究目的

（一）研究现状

首先是关于悍女形象书写的研究现状。不论是社会现实还是文学评论，人们对于悍女这个富有争议的形象书写研究一直没有停止，甚至存在着以男性中心主义为主导的历史偏见。由于该形象在传统文化和批评领域中一直是另类，多是被动地用来教化和提醒女性固守或回归传统，并非社会主流观念和文学史著作关注的主要对象。因此，悍女形象研究的文本选择和分析视角都存在一定程度的局限和狭隘。从文本选择方面看，文学研究者们往往偏向从传统主流的文学史所提供的经典文本中，去探讨分析蕴含有悍女形象的作品。从分析视角看，大部分研究文献聚焦于古代经典戏曲小说或现当代知名主流文学作品，从人物形象的语言特点、艺术风格等角度，梳理文本中的悍女形象并进行分类。也有部分研究文献，选取一部或者几部作品比较中西方悍女形象。而且视角主要集中在形象学、类型学，或者宏观的形象勾勒，没有触及该形象发生发展的社会伦理学和心理学基础，没有深入系统性地把握新时期以来小说中悍女形象演变、社会伦理学意义以及社会现实的实践价值。

凌燕的《智者的宽厚与博大——论池莉小说中的女性观》一文指出池莉新时代女性观的流变及其独特之处、小说叙事内涵与艺术以及书写的意义①。张鑫《论严歌苓小说创作中的"人性"主题》从隐忍的"人性"角度，在其"故国底层女性的生存困境"这一章节分析探讨了王葡萄、田苏菲、朱小环等悍女形象②。程祥的《温暖黑夜的光——余华文革小说女性形象分析》以《活着》《在细雨中呼喊》《许三观卖血记》以及《兄弟》这四部小说文本为研究分析对象，详细分析了这些作品中的贤妻、良母、悍女、怨妇等女性形象。在形象分类基础上，该论文结合余华作品中女性所处的历史背景、社会地位、经济地位、情感地位以及人物性格，分析论述隐忍善良、温顺怯懦、强势凌弱是形成以上女性形象的主要原因③。该论文还针对女性形象的情感地位和凌弱性格特征进行比较分析，是有关悍女形象书写研究的首创。

其次是空间伦理中的悍女形象研究现状。周倩倩《贾平凹笔下的女性世界》主要是结合贾平凹的具体作品，对家庭空间叙事和公共空间叙事中的女性形象进行系统阐述，依据空间不同类型分析论述了女性的不同生存状态，并将这些女性形象进行分类——古典女神、山野女子、都市女性、传统农妇等形象，充分表现了贾平凹的性别意识和认知价值观。该论文还分析论述贾平凹女性书写的创作原因，论述立足于贾平凹的男性视角和现实层面，从作者生活经历、情感体验、审美理想、文化趣味以及时代影响展开，分析其作品解构女性形象的片面性与滞留性④。韩晓云《论方方

---

① 凌燕：《智者的宽厚与博大——论池莉小说中的女性观》，曲阜师范大学硕士学位论文，2013。
② 张鑫：《论严歌苓小说创作中的"人性"主题》，山西师范大学硕士学位论文，2013。
③ 程祥：《温暖黑夜的光——余华文革小说女性形象分析》，华中科技大学硕士学位论文，2006。
④ 周倩倩：《贾平凹笔下的女性世界》，山东师范大学硕士学位论文，2012。

小说的家庭书写》围绕小说的家庭空间叙事，以人物的家庭分工与角色为起点，从历史和现实这两个维度分析论述其小说家庭叙事中的丈夫、父亲、妻子、母亲和儿童等形象。如男性尊严式微，悍女成为失语者，儿童伴随着仇恨和孤独①。郝军启《1980 年代小说的家庭伦理叙事》通过从家庭伦理和空间叙事学的角度来研究 1980 年代小说的叙事伦理态度和叙事话语特点，文中涉及"男强女弱型夫妻模式的叙事"与"阴盛阳衰型夫妻模式的叙事"的分析，同时还将小说家庭伦理叙事放到一个更大的隐喻与泛化的空间叙事范围内，进行系统性、拓展性的研究②。此外，《比较池莉与铁凝小说中对"婚外恋"问题的处理》③《从近年都市婚恋小说看婚恋观嬗变》④ 等论文，从介于家庭空间与公共空间之间的婚外恋叙事角度，分析小说中塑造的悍女形象。张文红著作《伦理叙事与叙事伦理：90 年代小说的文本实践》从叙事伦理角度研究 20 世纪 90 年代小说中的悍女形象⑤。《从六六小说看都市女性的生存困境》观照当下女性的生存环境，涉及家庭、职场、人际关系与人伦关系等⑥；付晓旭《论苏童长篇小说中的家庭伦理叙事》对苏童小说文本中呈现出的典型家庭伦理关系进行归类和整合，分析其伦理关系特征和人性内涵⑦；杜晓彤《池莉小说的家庭伦理关系研究》对池莉小说中所呈现出的亲子关系、夫妻关

---

① 韩晓云：《论方方小说的家庭书写》，山东师范大学硕士学位论文，2018。
② 郝军启：《1980 年代小说的家庭伦理叙事》，吉林大学博士学位论文，2009。
③ 任亚芳：《比较池莉与铁凝小说中对"婚外恋"问题的处理》，《大众文艺》2010 年第 18 期。
④ 刘月香：《从近年都市婚恋小说看婚恋观嬗变》，《宁夏师范学院学报》2007 年第 5 期。
⑤ 张文红：《伦理叙事与叙事伦理：90 年代小说的文本实践》，北京：社会科学文献出版社，2006。
⑥ 王莹：《从六六小说看都市女性的生存困境》，《时代文学（下半月）》2015 年第 7 期。
⑦ 付晓旭：《论苏童长篇小说中的家庭伦理叙事》，辽宁师范大学硕士学位论文，2016。

系等性别伦理和社会伦理关系进行系统梳理和研究 [①]。以上论文以文学史著作所认可的作家或者热点作家作品为论述基础，从空间叙事角度，对涉及悍女形象描写和塑造的小说文本进行了分析和论证。

通过前述可知，关于悍女形象书写的研究有一定规模，但是这些研究文献多集中在小说叙事话语、文体艺术特点、形象分析、作家风格、女性与家庭关系、社会文化背景意义等领域。大多数研究者的论述由于研究偏好或论文篇幅限制等主客观因素，集中于家庭中的婚恋伦理关系、父子关系、婆媳关系的论述等；也有部分研究成果能够站在文学和伦理学的高度，通过分析悍女形象与伦理的关系、家庭伦理叙事的象征与拓展、小说所反映的传统家庭伦理时代背景等进行论证。但是将悍女形象建构纳入社会历史建构中，尤其是从空间叙事伦理角度展开的研究比较鲜见。

（二）研究目的

由于受到当时公共政策、社会生活、文化思潮的强烈影响，文学创作的主题、题材、形式、内容以及作家风格的变化也较为明显，这些变化集中反映在作家创作的作品的意识形态特点、创作理念、审美观照和伦理思考。关于悍女形象在家庭和公共空间的生活书写、内心独特的情感抒发、富有个体色彩的伦理关系感知与反馈，都渐渐浮出文学创作与评论的历史表面。鉴于目前学界对于悍女形象研究的现状，本书在前辈叙事、题材、关系与社会意义等方向研究基础之上，研究中国新时期以来小说悍女形象书

---

① 杜晓彤：《池莉小说的家庭伦理关系研究》，山东师范大学硕士学位论文，2015。

写及其空间叙事伦理是有必要且有价值的。本书拟在梳理悍女形象演变的基础上，引入西方哲学、社会学、伦理学、女性主义等理论，探讨空间叙事如何影响悍女形象，作家意识又如何通过对塑造悍女形象影响和建构空间叙事，从而通过空间叙事与性别研究视角来丰富和拓展悍女形象的内涵外延，深入探讨两性关系的历史联结、悍女形象在社会伦理学意义上发生发展的阶段性特点，以及作者创作性别意识与形象建构伦理观之间的关系，重点关注和发掘其中的伦理学和实践价值，重点解读和论述悍女形象演变及其在伦理关系中的嬗变过程和现实意义，从而拓展新时期以来小说中悍女形象书写及其空间叙事伦理关系的研究领域。

四、研究内容和意义

（一）研究内容

首先需要梳理悍女形象的文学书写与嬗变特征。由于在世界文学历史背景下，悍女作为一种形象存在，一直处于被不公正评价的身份和位置。笔者有必要在大的社会时代背景下，梳理悍女形象在中西方历史文本的文学想象和演变。尤其是当代社会转型期的政治经济和文化因素对文学创作和形象塑造影响比较深远，因此作家塑造和建构的悍女形象也随时代背景、文本书写和创作理念而改变，有其独特的演变特征。因此本书拟在伦理叙事背景中梳理悍女形象书写，对有关概念进行界定，对于涉及该形象分析的关键词和关联词进行梳理和逻辑排列。以此为基准进行伦理体系的搭建，并尽可能以作品形象的空间内部流变为写作逻辑，而不是以时间为轴，重复以前的线性化叙事研究。进而分析探讨小说悍女形象建构的独特性和小说叙事过程中的创作意识形态及社会伦理实践意义。因此，要妥善梳理和分析悍女形象文学书写与性别意识的嬗变，需要聚焦细读不同历史时期的相关文学文本，结合文学发展的特点找寻悍女形象在空间叙事中的变化，将人物形象所处空间的行动表现、心理状态、情感表达、伦理关系等特质梳理清楚。

其次是分析悍女形象叙事者的性别意识问题。当代小说尤其是新时期以来的小说的叙事者，不论是男性作家还是女性作家，在创作小说和塑造人物形象过程中都有着个体化的性别意识。性别意识体现的是作家渗透在作品字里行间的、带有个体经验和历史情感的一种创作意识和理念，但是关于性别意识这个话题，有两个很值得关注的问题。一个问题是，大多数当代作家沿袭了传统性情抒发为主的创作理念，而"'性'是指欲望，'爱'是指关系"[1]。由于男性作家和女性作家创作经历和性别意识的差异，由此体现的悍女形象塑造也存在着异同。共同点是新时期以来小说叙事中指向两性关系本质的"爱"是缺失的。而"男人的阳刚伦理挤抑着一切阴柔和谦逊的气质，所以伤感、忧郁、羞涩乃至敬畏的情绪流露皆是不被欣赏的"[2]。不同点在于，男性作家和女性作家受传统审美的影响程度不尽相同。另一个问题是，有部分作家以居高临下的强权姿态

---

[1] [日]上野千鹤子：《厌女》，王兰译，上海：上海三联书店，2015，第 63 页。
[2] 路文彬：《中国当代文学自我意识的伦理嬗变》，《东方论坛》2021 年第 1 期，第 51 页。

或者性别对立的女权思想，对当代悍女形象还存在刻板印象和误解，对悍女形象发起了有意无意的猛烈抨击。这种不恰当的性别意识，实际上指向的是毁灭而非拯救，指向的是恶意写作而非伦理关照，指向的是因循守旧而非成长进化。这都表明中国当代小说部分创作者的写作意图，是缺失爱和责任的伦理价值观的。从社会伦理学角度看，这种对于国人来说可能已经司空见惯的小说写作意图和模式，于情于理都不正常。可以说，从笔者当前所能涉猎的中国新时期以来小说创作文本出发，很难找到一种合乎理想状态的创作模式和创作愿景——这种理想的模式旨在构建两性平等对话和交流、呼唤爱和自由、强调权力与责任，同时能够唤起读者不再痴迷于"重口味"的假恶丑，而是尊崇文学与现实的真善美，展开文学期待的想象空间。

最后是厘清悍女形象的空间叙事伦理表现特征异同。小说作为反映社会现实生活的叙事产品，一种反映时空的艺术，是文学叙事者创作心理、情感和意识的再现和创造。在小说叙事中，由于家庭空间和公共空间不再只是单纯的场景呈现和物品罗列，而是随着叙事空间的变化和故事情节的展开，小说叙事与人物的历史意识和形象建构有了关联和相互影响。空间中的人及其实践活动是由空间的伦理意义限制的。可以说，小说空间叙事来源于空间的塑造与刻画，也承载了人物的成长与活动、伦理关系的和谐与冲突。在叙事空间中的形象构建过程中，由于时代背景、生活环境、创作特点、作者态度、人物性格以及历史反思程度都存在差异，因此在叙事空间中悍女形象建构也存在着差异。同时在这个建构过程中也存在一些问题。有部分作家善于在空间叙事中把人物矛盾冲突写得淋漓尽致，但是爱与自由的主旨体现得不够明显，在引导悍女进行自我体认和形象构建方面存在一定程度的问题和遗憾。结合以上角度的对比分析，笔者有必要厘清不同叙事空间、不同小说创作文本中对于悍女形象建构及其变迁的异同。

（二）研究意义

本选题研究的意义和价值，一是将新时期以来小说中的悍女形象作为研究主题，从上述研究现状来看，前人针对中国悍女形象的研究阶段绝大部分都框定在明清小说和现代文学中，对于当代悍女形象的研究相对比较分散，也比较稀少。要么是单个作家的相关作品分析，要么是某部小说的专门论述，相关的研究不够系统、全面。二是当前研究比较集中于传统的结构或传统的男权意识，性别对立明显。本论文立足于性别差异而非性别歧视，以期构建平衡有序渐进的性别伦理关系。三是"不为文学而文学"，避免一直在文学内部循环绕圈，而是在文学与现实之间进行双向权衡比较，也就是把悍女形象放在社会背景和社会结构当中，以通过空间叙事对打破时间线性为出发点，结合小说叙事文本展开文本细读和理性探讨。

五、整体框架、研究思路与方法

（一）整体框架

关于悍女形象书写及其空间叙事，是当代文学尤其是新时期以来小说中不容忽视的现象，现有的研究成果包含了一定数量的单篇作品解读、主题学、人物形象、叙事方法或文学策略的研究。然而缺少从形象建构尤其是空间叙事伦理的发生学和变迁史的角度，来系统阐释悍女形象在新时期以来的不同阶段、创作主体、社会语境下生成及变迁的动态因素，以及这种变迁所昭示的文学本质意义和社会现实价值。本书以新时期以来小说悍女空间叙事和形象建构为逻辑中心，分析悍女形象空间叙事在不同发展时段中所形成的特点及制约影响因素。这些因素包括主流意识形态、市场经济、代际文化差异、历史观念、文学制度、读者因素、作家的空间意识和文学审美观念，进而考察这些因素对不同作家、悍女形象书写以及空间叙事文学变迁所具有的典型意义。因而，这实际上是从源头上探究这一小说现象的生成与发展，厘清在其变迁过程中的制约和影响因素，进而分析在空间叙事伦理背景下，这种文学现象及其变迁所昭示的发展规律，对新时期以来文学的意义价值和存在的不足。

（二）研究思路

本书将宏观的时代背景、文化思潮与具体文本解析进行整合，通过社会学、叙事学、历史学、伦理学等方式阐释新时期以来小说中悍女文学书写和性别意识，及其在文学空间叙事伦理、形象建构中的变迁过程及特征，还有在空间叙事当中的悍女形象和相应伦理关系产生的原因以及造成的影响。具体来说，这个伦理关系及影响指的是，在空间叙事中所被建构的悍女形象的伦理价值，体现在其伦理功能和伦理意义上，以及悍女形象产生的叙事伦理性。研究思路如下：

首先，论述中西方小说、中国戏曲、西方戏剧等文学文本中悍女形象在每一时期的特点，重点呈现中国当代文学与近现代文学悍女形象的异同，以此作为悍女空间叙事伦理研究的形象学基础。时间节点以我国经济发展阶段为准。在社会背景和叙事时空背景下，分段梳理新时期以来悍女形象的嬗变特点，以我国社会经济发展的不同历程为阶段，以及有关悍女形象的小说作品在评论界引发的争议及其关注焦点的变化，将研究时间节点划分为改革开放初始、市场经济体制基本确立、改革开放深化，即 1979—1983 年、1984—1993 年、1994—2000 年三个时期。在此基础上，以空间叙事及其变化为论述中心，详细阐释各个阶段悍女在叙事空间中的形象建构和嬗变过程、特点及原因。

其次，分析新时期以来不同阶段的悍女形象的特点，以及导致阶段性流变的影响因素，除了分析每一阶段悍女形象演变转型的触发点包括性别意识嬗变的特点，并且在宏观层面对悍女形象各个阶段、各个时期的叙事特征及性别意识嬗变的成因予以探究。深入分析在作家的历史观念、文学审美观念、意识形态、市场与读者等不同因素综合制约和影响下，悍女形象书写和空间叙事如何呈现出一些规律性的特点。之后对这些因素进行研判，从而了解以怎样的方式影响悍女形象小说空间叙事的发展。由作家文学思想的转变、代际切入及其自身历史观、体验感的差异，包括各种社会因素的影响、社会机制的发展等因素着手，找到各类悍女形象演变和空间叙事伦理特征及其形成的原因。

再次，以性别意识和空间叙事为主线，通过对家庭空间叙事和公共空间叙事中的悍女形象书写进行历时性的考察，对其在各种时空中的流变规律及空间叙事特征予以归纳。以此为前提，来理解悍女形象叙事发展的内在机理，也就是从叙事类型的形成、叙事走向包括作家的个人文化观念着手，之后再结合文学形式、文学思想等方面来具体阐述此类小说和此种叙事在文学创作和研究领域产生的影响，以及悍女形象和相应伦理关系在空间叙事中产生的原因及造成的影响。可以理解为判断小说在历史观念、叙述形态、思想价值、文学观念等层面为新时期以来小说带来的多重影响和价值。

综上所述，由于悍女形象由伦理认知、空间实践和空间形态的伦理规约三者共同形成的，因此本论文通过梳理新时期以来小说空间叙事中悍女形象书写和建构的表现，观照社会现实对悍女形象的世俗化刻板印象，分析空间叙事对悍女历时性的形象及其伦理关系产生的原因及造成的影响。探索作者作品如何体现性别意识与伦理关系，如何开展空间叙事等问题。具体研究以空间叙事伦理为主线，厘清性别伦理与社会伦理、家庭空间叙事和公共空间叙事，并推演和建立不同空间叙事伦理概念之间的联系，将不同空间中的悍女形象叙事进行分类，指出悍女形象空间叙事在伦理意义上存在的不足。引导读者从文学作品中汲取女性自我体认的意识、面对两性伦理关系现象如何正确把握和处理，从而将这种意识与原则运用到现实生活中，为小说创作参与女性经验与文化记忆的话语实践提供经验和路径。

本书还对悍女形象空间叙事表现出的问题及其后期发展空间予以归纳，将小说的悍女形象叙事进行性别伦理反思和社会伦理反思与比照，分析两者之间的关系和相互影响。空间体现着作者表情功能的方式，在建构中具有了伦理叙事的意义。由此指出悍女形象的叙事特征和内在困境的认识，为小说悍女形象空间叙事、书写女性历史提出了更多的可能性，从而为提升两性关系质量和性别思考深广度提供伦理层面的参考思路。

（三）研究方法

一是文本细读。文本细读是笔者把握和理解创作文本的重要基础，从文本细读可以真实全面透彻了解小说叙事语言、思想和意义，还可以结合创作背景、作家心理、人物生活环境等分析作品形象的特点和影响。在文本细读的过程中，不仅需要找出文本涉及的符合悍女形象概念定义的人物及其生活场景空间的描写，也要辩证地看待悍女形象与小说其他形象、人物形象与小说作者之间的关系及其表现等。二是文本分析。结合新时期以来不同时段的不同特点，如政治环境变化、新旧政策更迭的影响、经济结构变化、社会思潮变化等，对作家作品中出现的悍女形象及其伦理关系表现进行分析，探究呈现不同表现的深层原因。三是理论研究。通过文本细读、分析和理论建构，结合社会背景、历史时代、文化心理、社会思潮等时空变迁要素，归纳总结小说文本现象背后的成因和本质，提炼出学理性的观点和认知。从时空展现与伦理关系出发，对悍女空间叙事和形象建构展开多向研究，从而能多重角度、全面深入地开展本研究主题。将文学研究与社会学、政治学、伦理学、心理学、建筑学相结合，从多角度探寻悍女形象及其性别意识、空间叙事形象建构及其伦理关系表现的变化。为了去除空间叙事从属于物理的客观存在范畴的刻板印象，需要更有高度的空间叙事意识。因此，论文所运用的理论研究，从中西方伦理价值观念共同影响作为出发点，既有整体宏观把控，又有个体细致考究；既有情感的主观因素，又有审美的客观范畴，从而得出相对全面深入的结论。

第一章　悍女形象的文学想象
与演变历程

　　古往今来,悍女形象经历了从泼妇、悍妇到"铁姑娘""女强人""女汉子"等称呼的时代演变和空间迁移。

　　从词源意义上看,泼妇、悍妇的英文单词是 termagant,在西方戏剧中翻译为"特马根",用来形容狂暴、蛮横,是常出现在道德剧中的神。追溯到更久远的中古英语时代,这个单词源自古法语和意大利语的 trivigante,词根中的 tri- 意为 three,vagant– 意为 wandering,指的是月亮以塞勒涅、阿尔忒弥斯和泊尔塞福涅之名,在天堂、人间和地狱这三处空间之中徘徊。而德语 Haus 与英语 house 是同源词,意为"房屋;建筑物;家庭、家园、家乡"。Hausdrache、Hausdrachen、Hauskreuz 则是对泼妇、悍妇的通俗、贬义或者戏谑的称呼。从外语词源分析,泼妇、悍妇最初象征强大的月亮女神或大地母亲的形象,与原初的家庭空间密不可分,但又不是传统意义上的"家宅里的天使——沉默和受困,为人们树立道德行为的模范"①,而是能够相对自由地游走于私人空间和公共空间之中的另类形象。

　　而在中国文化语境中,泼妇、悍妇的词源意义与西方

---

① [美]内尔·诺丁斯:《女性与恶》,路文彬译,北京:教育科学出版社,2013,第77页。

文化语境殊途同归。近代汉语中的"泼"有"蛮横"之义。今谓"泼"也得声义于"止止"。《说文》云："止止，足剌止也。会意读若拨。朱骏声云：止止相背曰止止，止止相连曰步。"[1] 相背则戾，戾则过分则蛮横，故引申为"蛮横刁怪"之义[2]。从近代文学到现代文学，从西方古希腊神话到莎士比亚戏剧，再从中国元曲、明清小说到中国现代小说、话剧，由于受传统男性中心主义视角和文化心理的多重影响，"泼妇""悍妇"稳定而频繁地出现于文学创作中——这种文学现象是与历史悠久而广泛存在的厌女情结密不可分的。厌女情结作为一种针对女性美德和恶习性质展开争辩而凸显的社会心理，当它植入并渗透到那些流行于世的厌女的小说、戏剧等文学文本中时，这种情结则通过文学纪实与虚构的双重策略，放大为"呼吁和赞美对不服从父权权威的女性的惩罚"[3]，导致"泼妇""悍妇"在厌女的文学作品中被长久地放置，以致陷入被歧视、被丑化甚至被污名化、妖魔化的境地。

如果说从古代至现代的"悍妇""泼妇"等悍女形象被描述成反面的、有性格缺陷或者道德亏欠的女性，那么自当代以来的"铁姑娘"，尤其是新时期以来的"女强人""女汉子"等悍女形象叙事，则大大突破了原本基于男性单一视角的程式化和道德化的创作模式，呈现出多样化的社会学和美学的价值。在当代"十七年"小说、新时期以来的小说以及新世纪小说中，由于作者在创作过程中受到时代

① 参阅［清］朱骏声撰：《说文通训定声》，武汉：武汉市古籍书店，1983，第680页。

② 蒋冀骋：《近代汉语词汇研究》，北京：商务印书馆，2019，第446页。

③ ［意］西尔维娅·费代里奇：《凯列班与女巫：妇女、身体与原始积累》，龚瑨译，上海：上海三联书店，2023，第132页。

背景、创作心理等主客观因素的冲击和影响，小说作者不再执着于使用"泼妇""悍妇"，这些词出现的频率明显降低，甚至有逐渐被其他词取代的趋势。

在"十七年"小说中，"铁姑娘""特别姑娘"等字眼出现得比较频繁。从新时期开始，小说中的"强势女性""女强人""女汉子"等词开始纷纷登场。"女汉子"虽然和"女强人"一样，依然体现了父权价值观，是男权话语系统的称呼符号。然而这并不影响"悍女"形象社会性称呼的调适与创造。当前社会日益开放、弘扬个性，给予现代女性越来越宽松的环境，女性在经济和人格上的独立性也越来越强。因此在不断追求自我、崇尚多元的时代，独立自主、强悍利落的"女汉子"的广泛流行，在某种程度上折射出社会的包容与进步。随着女性的话语权利的增强，悍女形象得以游离于男权社会的评价系统和叙事空间，同时又反作用于男权社会在叙事空间层面的制约。从"泼妇""悍妇"到"铁姑娘"，再到"女强人""女汉子"等词的演变，从被丑化的反面形象走向备受瞩目，甚至被欣赏的位置，印证了悍女形象随着时代的包容和变迁，不仅与人们的日常生活和社会文化融为一体，在伦理层面上也成了反抗男性中心视角和权力的常用词和代名词。

第一节　中外古代文学：
从克吕泰涅斯特拉到秋胡妻、薛素姐

　　回望世界文学的历史长廊，有不计其数的女性恪守于传统世俗宗法礼教制度，成为贤妇、烈女、贞妇，被作家们塑造成具有贤良淑德品质的女性形象。这些制度和规定在文献中常有记载，体现了女性应当处于家庭的传统空间伦理观。《周礼·天宫·九嫔》有言："九嫔掌妇学之法，以九教御：妇德、妇言、妇容、妇功。"①《女诫》《内训》《女儿经》《女论语》《女范捷录》进一步对传统女性的道德品质和日常举止言行提出严格要求，形成了一整套体系严密的伦理道德规范。无独有偶，在西方文学作品中保持沉默的女人会被索福克勒斯、普鲁塔克、圣保罗和萨缪尔·约翰逊当作是美德②。颇为有趣的是，在现代以前中西方的诸多文学作品也同时塑造了数不胜数的泼妇、悍妇等悍女形象，展开了对其的文学想象。如西方古希腊戏剧中，欧里庇得斯《美狄亚》的国王之女、索福克勒斯《安提戈涅》中的女主人公、埃斯库罗斯《阿伽门农》中的克吕泰涅斯特拉，英国 17 世纪戏剧中的麦克白夫人（《麦克白》）、

---

① ［清］孙诒让：《周礼正义》，北京：中华书局，1987，第 552 页。

② ［美］苏珊·布朗米勒：《女性特质》，徐飚、朱萍译，南京：江苏人民出版社，2006，第 98 页。

高纳里尔和里根（《李尔王》）、凯瑟丽娜（《驯悍记》）
等人物，都是具有热情坚强、富有反抗特质的女性形象，
尤其是克吕泰涅斯特拉作为迈锡尼女王，在面对王权和反
抗男权时表现得尤为野心勃勃。这些西方文学作品中的悍
女形象，都为笔者提供了丰富而多向的理论研究空间。

中国自从南北朝时期就有了关于悍女形象的描写，如
《妒记》（虞通之）、《异苑》（刘敬叔）。《妒记》中
记述了晋时的故事。"武历阳女嫁阮宣子，无道妒忌，禁
婢：'瓯覆槃盖，不得相合。'家有一株桃树，华叶灼耀，
宣叹美之；即便大怒，使婢取刀斫树，摧折其华。"[①] 这个
故事中所描写的悍女，连自己丈夫赞美一棵树都容忍不了，
令人惊诧。"京邑有士人妇，大妒忌；于夫小则骂詈，大
必捶打。常以长绳系夫脚，且唤，便牵绳。"[②] 这是笔者从
目前涉猎的文学作品中，发现的第一个实践传统空间伦理，
将其妒忌情绪发泄到丈夫身上，并且限制丈夫言语和行动
自由的悍女形象。

唐朝的悍妇形象出现在刘知几《史通》《朝野佥载》（张
鷟）、《酉阳杂俎》（段成式）、《艺文类聚》（欧阳询）
等书中。如《史通·品藻》："秋胡妻乃凶险之顽人，强
梁之悍妇，辄与贞烈为伍，有乖其实者焉。"[③] 到了明清通
俗小说，关于"秋胡妻式"悍妇弃夫情节的描述，有了内
容和态度上的传承与革新。在明朝放英所著的笔记小说《东
谷赘言》中，有这样一段话："或问古来亦有夫为妻弃者乎？

---

① 鲁迅：《古小说钩沉》选自《鲁迅全集（第八卷）》，济南：齐鲁书社，1997，第 476 页。

② 鲁迅：《古小说钩沉》选自《鲁迅全集（第八卷）》，济南：齐鲁书社，1997，第 476 页。

③〔唐〕刘知几：《史通》，上海：上海古籍出版社，2015，第 174 页。

予曰：'太公望为妻所弃，耄故也。朱买臣为妻所弃，贫故也。鲁秋胡志淫而忘亲，其妻能以一死而绝之，其志也烈哉！晏子之御，气盈而志陋，其妻能镌谯之以求去，其志也伟哉！'"①从文意可知，作者对秋胡妻这类弃夫悍妇的形象，指出其有"烈志"和"伟志"，持有肯定与褒扬的态度。然而纵观明清通俗小说，这类故事并不多见，也从侧面反映时人对于悍妇弃夫的真实态度。《朝野佥载·卷六》中记载春秋时期的故事："俗传妒女者，介之推妹。舆兄竟，去泉百里，寒食不许举火，至今犹然。女锦衣红鲜，装束盛服，及有人取山丹、百合经过者，必雷风电雹以震之。"②宋王炎《过浯溪读中兴碑》诗云："牝咮鸣晨有悍妇，孽狐嗥夜有老奴。"此处诗人将空间叙事中的"悍妇"与"老奴"进行对仗比照，透露出男性对悍妇形象的歧视心理。

宋朝《太平广记》通过家庭空间叙事讲述了悍女言行③，提出"妇强夫弱，内刚外柔"的问题，指出家庭伦理与社会秩序的正向关系。如："唐贞观中，桂阳令阮嵩妻阎氏极妒。嵩在厅会客饮，召女奴歌，阎被发跣足袒臂，拔刀至席，诸客惊散。嵩伏床下，女奴狼狈而奔。刺史崔邈为嵩作考词云：'妇强夫弱，内刚外柔。一妻不能禁止，百姓如何整肃？妻既礼教不修，夫又精神何在？'考下。省符解见任。"④与史书记载不同之处在于，这里表达了悍女对于家庭现状和未来的危害。她们会导致家庭"不宁、不清、不福、不荣"，于家于己于世都百害而无一利。可见，

---

① ［明］敖英：《东谷赘言》，北京：中华书局，1985，第 26 页。
② ［唐］张鷟、范摅：《朝野佥载·云溪友议》，上海：上海古籍出版社，2012，第 62 页。
③ ［宋］李昉：《太平广记》，北京：中华书局，1961，第 2143～2147 页。
④ ［宋］李昉：《太平广记卷 272·妇人章妒妇》，北京：中华书局，1961，第 2147 页。

当时社会观念已经认识到悍女任性的危害，方法则是通过休妻之法逃离。《容斋随笔·卷三·陈季常》记载了有名的"河东狮吼"的故事。"陈慥字季常……其妻柳氏绝凶妒，故东坡有诗云：'龙丘居士亦可怜，谈空说有夜不眠，忽闻河东狮子吼，拄杖落手心茫然。'"①描述了当时具有代表性的悍女与惧内丈夫的故事。

元明清时期的《菽园杂记》②《文海披沙》③等作品也有关于泼妇、悍妇形象的记载。元朝杨显之《潇湘雨》第四折："左右，还有一个泼妇，也与我去拿出来。""问他一个交结贡官，停妻再娶，纵容泼妇，枉法成招，大大的罪名。"明朝施耐庵《水浒传》第三十四回："秦明道：'这事容易，不须众兄弟费心……就取了花知寨宝眷，拿了刘高的泼妇，与仁兄报仇雪恨。'"明朝刘基《拟连珠》之三十六："是故士有悍妇，则良友不至。"清朝李渔《风筝误·闺哄》有言："老泼妇，老无耻，新年新岁，就来寻是非。"不难发现，在这些古代文学作品中都带有男性中心主义者对于泼妇、悍妇的歧视眼光。

尽管悍妇、泼妇饱受传统道德观念的抨击，但作为反抗或改变传统等级观念的女性形象，与烈女、才女、侠女一同在文学空间与现实空间广为人知。明清小说中的《醒世恒言》《警世通言》《二刻拍案惊奇》《金瓶梅》中的泼妇、悍妇等悍女形象更加丰富立体，在叙事者的情节设置中，作者描述了泼妇、悍妇等悍女形象造成的伤害，不

---

① ［宋］洪迈：《容斋随笔·卷三·陈季常》，上海：上海古籍出版社，1978，第43页。

② ［明］陆容：《菽园杂记·卷四》，北京：中华书局，1985，第54页。

③ ［明］谢在杭：《文海披沙》，上海：大达图书供应社，1935，第52页、69页、80页、100页。

仅影响具体的个体对象，也影响家庭的稳定和谐，意在教化和警示。如柳氏（《狮吼记》）、苗氏（《疗妒羹》）、薛素姐和童寄姐（《醒世姻缘传》）、都氏（《醋葫芦》）、胜男（《白圭志》）、江城（《聊斋志异·江城》）、尹氏（《马介甫》）、王熙凤和夏金桂（《红楼梦》），以及《女状元》《花木兰》《梁山伯与祝英台》中的女主人公。而笔者在《玉支玑》《玉娇梨》《平山冷燕》《凤凰池》等戏曲作品中发现，"三从四德""男尊女卑"的宗法要求和世俗眼光被弱化，男女之间因为趋近平等的审美表现互相观照和性别投射，展现出明清小说作者对于泼妇、悍妇等悍女形象认知的更新。

可以说，文学作品中描写塑造的泼妇、悍妇等悍女形象，与史书记载相比要生动丰富、特点鲜明许多。从春秋至明朝，文学作品中的泼妇、悍妇大都是由于妒情和争宠引发。随着时代变迁，这类形象叙事空间逐渐从宫廷官宦流向市井家庭，形象刻画逐渐丰富细致。作者对这类形象的态度也发生重大转变，即从单纯记述到简单议论，再到批判和否认，这也导致泼妇、悍妇等悍女形象从单纯的社会现象变成作者表达性别观点的载体。特别是在明朝之后，以《醒世姻缘传》为起点，薛素姐、童寄姐等具有当时鲜明特征的悍女形象，她们蔑视封建礼教的权威，以"河东狮吼"式的反常言行向传统伦理道德宣战，逐渐在小说人物刻画中占据一席之地。作者多是通过叙述泼妇、悍妇等悍女形象的下场来表达其对这一现象的否认和痛恨态度。

通过对近代以前史料和文学作品中悍女形象的梳理，与明代之前文学作品中的悍女形象大抵相似，她们多出现在政治权势地位或者经济地位较高的家庭空间——这类家庭的成员比较复杂，一般都有一妻多妾的现象。因此在这样的现实空间环境中，容易激发女性之间的妒忌和怨恨之情，引发悍女蛮横无理、凶残狠毒的行为，甚至残害子嗣、摧残被妒忌者的身体。不过，危害到家庭稳定的情况几乎没有发生。而在明代之后，悍女开始渗透到市井家庭空间中，产生原因更加多元，行为更加狠毒，施暴对象不再局限于女性，而是开始向家族延伸，导致悍女的家庭危害与社会危害与日俱增。特别是西周生的《醒世姻缘传》，将市井家庭空间中不同类型的悍女形象描写得惟妙惟肖，以期通过悍女对家族空间内部产生危害的叙述，引起社会大众的反思，从而寻求对家族伦理制度、婚姻关系以及家庭秩序的归正。

第二节　中国现代小说：
从露沙到虎妞、"柳屯的"

　　如果说近代文学中的泼妇、悍妇等悍女形象从单纯的社会现象变成作者表达其道德观念和性别观点的载体，那么到了"五四"以来的中国现代小说，文学世界中的泼妇、悍妇等悍女形象则既传承了伦理道德观念载体这一共同点，又在"五四"以来"自由民主科学"的呼声中发生了一定的时代变迁和改良。

　　在中国现代小说时期，悍女形象有庐隐《海滨故人》中的露沙和亚侠、鲁迅《风波》中的七斤嫂、老舍《骆驼祥子》中的虎妞、《我这一辈子》中"我"的妻子、《四世同堂》中的大赤包、《正红旗下》中的大姐婆婆和"我"的姑母、《柳家大院》里的二妞和张二的媳妇、《柳屯的》中的"柳屯的"、曹禺《北京人》中的曾思懿等人物。

　　丁玲、庐隐作为"五四"女作家中的代表，她们笔下的女性极具特点，可以说是对传统思想、封建体制的严正抗议。以往文学作品当中的女性多是柔弱、顺从、牺牲自我的一种形象，然而她们笔下的女性形象却有极大反差，普遍性格强硬、自我、叛逆、有思想。她们敢于直视自己的内心，不愿意受压迫，坚定地反抗男性话语权和性别歧视。庐隐的作品尽管并不是以批判社会、民族忧患作为叙事主题，而是对历史遗留的女性主体缺位的问题进行的无声抗议，是对男性话语权压制进行的有意反抗。在当时的年代中，女性很难做到真实地表达自己内心对自由和爱情向往，敢于这样表达自己内心的女性本身就勇气可嘉。那个年代的女性作家积极探索女性话语权体系，对悍女形象持有歌颂和赞美的态度。庐隐作品一直在试图摆脱"他人的话语"，因为此类话语体现出对女性真实处境和个体经验的遮蔽性。庐隐的描写生动地刻画了希望挣脱家庭束缚，但对未来又不知所措的新女性形象，希望以这种方式揭示女性内心对自己未来、性别、感情的支配权的渴望；但她们内心的另一个声音却在要求其坚守男权社会的道德标准。

当露沙们等"五四"新女性开始具备了性别主体意识，面对传统女性的"无名"现状大声呼喊出自我，那么之后又将会怎样呢？作者作为"五四"文学史上的代表性作家其实是困惑的。在这种困惑的状态下，她笔下的主人公也只能在困惑中郁郁而终。从这个结局的意义上说，庐隐并未探索出一条能够打造女性主体话语权体系的正确道路，甚至对女性主体性缺失的理解也比较有限，然而她在小说中表露出女性不满于自身客体地位的情绪和感受。她希望塑造一个与传统有明显反差的独立女性形象。应当说，丁玲、庐隐等女作家的小说创作为后续女性主义题材作品的创作积累了大量的可靠经验。

在老舍等男性作家笔下，符合传统审美眼光的柔弱、娇羞、美艳的女性形象淡出，而像男性一样强悍的女性形象却被给予了浓墨重彩。这些女性是家庭的主宰，丈夫也听任她们的指挥和安排。

　　《骆驼祥子》中的虎妞强悍粗犷、大胆泼辣。在当时社会体系当中，虎妞的外形与性格包括其个人能力等，都不符合常规的社会审美标准。即便是脸上擦了粉，虎妞也缺乏娇羞的美感，"像黑枯了的树叶上挂着层霜"①。她的"脸红"看起来是"黑红"，扑上粉的脸看起来是那样的不和谐，"好像一块煮老了的猪肝，颜色复杂而难看"②，女性的胭脂水粉在她的脸上是那样违和。祥子眼中的虎妞，"穿着红袄，脸上抹着白粉与胭脂，眼睛溜着……是既旧又新的一个什么奇怪的东西，是姑娘也是娘儿们，像女的，又像男的；像人，又像什么凶恶的走兽"③。

　　可见，在作者家庭空间叙事和公共空间叙事的情节设置中，祥子对这样一个女性形象是惧怕的，怕她守着他，怕她看着他，怕她发笑，怕她紧紧地抱着自己，把自己的力量都吸走。然而他即使这样害怕也没有办法逃离，强行让自己转移目光又好像出现了幻觉：他"转脸，墙上全是一颗颗的红点，飞旋着，跳动着，中间有一块更大的、红的脸上发着丑笑的虎妞"④。小说中的祥子对虎妞这种悍女形象的惧怕深入骨髓，他眼中的虎妞不男不女、不人不兽。在这种心理情感的影响下，虎妞即便对他甜言蜜语，也会被祥子认为是虚情假意或者另有所图。这部小说对这个悍女形象的刻画表现出几个特征：首先是强化了形象的男性化特征。小说中描述道"她什么都和男人一样，连骂人也

① 老舍：《骆驼祥子·黑白李》，上海：复旦大学出版社，2004，第68页。
② 老舍：《骆驼祥子·黑白李》，上海：复旦大学出版社，2004，第116页。
③ 老舍：《骆驼祥子·黑白李》，上海：复旦大学出版社，2004，第120页。
④ 老舍：《骆驼祥子·黑白李》，上海：复旦大学出版社，2004，第121页。

有男人的爽快，有时候更多一些花样"①。她像男人一样，甚至比男人还要粗鲁。其次是放大了虎妞的粗野市井形象特征。虎妞的生活空间是一个被遮蔽的场所，她所生活的家庭文化是粗放的，再加上她所谋生的环境是男性聚集的"车夫社会"，因此虎妞的男性化特征也被逐步放大。也就是说，家庭和社会的双重影响使得虎妞这个女性具有了男性气概的倾向。然而她这样的形象在男性中心主义者眼里成了一个异类。另外一点是虎妞精明算计。她骗祥子自己怀孕而牵制住祥子，她为了让父亲刘四认同祥子这个女婿而做了很多设计和努力。在希望祥子成为自己的丈夫这件事上，她竭尽其能，俨然现代女强人。而从社会公共空间影响的角度来看，在工厂环境中的虎妞，由于长期与男人打交道，逐渐形成强悍粗犷的生存方式，在充满利害冲突的社会交往中变得机智狡诈、泼皮无赖，且生理需求旺盛。她不让祥子去出工，而是每天照顾他的吃喝，祥子变成了她的手中玩物。祥子看到街上的老瘦母狗更倾向于挑一条肥壮的公狗。想到这一点，他除了厌恶自己的生活状态外，又多了一些担忧。他知道对于一个出力气挣钱的男人来说应当怎样保护身体和留存力量。如果一直这样下去，迟早有一天他会被榨取干净，变成一个空的骨头架子②。虎妞不让祥子出工，要求他时刻在身边陪她，这让祥子感受到巨大的压抑和恐惧。表面上看，虎妞是性的施虐方，然而作为女性的她在心理和肉体上同样经历了痛苦的"受虐"。

"柳屯的"（《柳屯的》）和大赤包（《四世同堂》）

---

① 老舍：《骆驼祥子·黑白李》，上海：复旦大学出版社，2004，第30页。

② 老舍：《骆驼祥子·黑白李》，上海：复旦大学出版社，2005，第129页。

也是值得关注的悍女形象，她们的男子气概比虎妞更甚。这些悍女形象的建构，侧重体现在小说的家庭空间叙事中。如果说虎妞的最大特征就是表面上的泼辣、强悍，那么"柳屯的"就是骨子里由内而外的悍女。

最初，她被当作生育机器卖给夏家，但她很快就在夏家立足，并且将家中上下所有人都制服了。夏家老爷子的胡子被她扯去，夏家老太太常常跪在她这个儿媳面前。夏家大嫂无奈地搬离了夏家，夏廉挨了她的巴掌，牙齿都脱落掉了。她不仅在家中强悍，在村里也横行霸道，无人能敌。这样一个"女霸王"形象背后，体现的是洋教的势力以及夏家在村里长期以来无人敢惹的背景。在她和二姐吵架时，她最先冒出的想法是让丈夫来帮自己出气。不管是谁惹她不高兴，都逃不掉一顿臭骂。她在夏家排挤大太太，将大太太和孩子赶出家门，最后甚至将夏家老太爷都赶了出去。她在夏家成了无人能惹的女性。"柳屯的"这个形象展现出悍女的残暴蛮横与道德败坏，在她身上看不到一点点道德良俗和女性的柔情。她对所有人都心狠手辣，她瓦解了夏家一直以来的权力体系，在村上几乎是横着走，但最终因为不得人心而被知事太太制服。小说用第一人称进行描述，"我"最初见到"柳屯的"这个悍女时，她"高高的身量，长长的脸，脸上擦下一斤来的白粉……眼睛向外努着……大红新鞋，至多也不过一尺来的长"①。眼前这样一个形象甚至勾起了"我"不堪回忆的噩梦。"我反感眼前的人，尽管我尚不了解她的为人处世，她的思想道德，

① 老舍:《柳屯的》，北京：人民文学出版社，1999，第203页。

只是看那双眼睛就已经心生厌恶了。"①那么，这样泼辣蛮横到骨子里、毫无道德可言的悍女性格是怎样形成的呢？在近现代中国很长一段时期，父权文化深刻渗透于传统宗族伦理系，女性大多是传宗接代的工具或者符号。"柳屯的"最先也因为这个原因进到夏家，但她却走出了完全不同于传统女性的一条独特道路，在地位不平等的条件下搅动了她所处的环境秩序，确立了自己在夏家甚至在整个村子里的霸主地位。

《四世同堂》塑造了大赤包这个悍女形象。她在家庭叙事空间中肆意发泄情绪，随时可能骂人、打人，践踏所有人的人格。她贪图荣华富贵，好逸恶劳。在民族危急时刻，她丧失人格和尊严，投靠了日本人成为汉奸，出卖国家和民族而不知羞耻。为了讨好日本人，她怂恿丈夫陷害钱默吟，让其家破人亡；为了谋取利益，她无所不用其极，逼良为娼、敲诈勒索；她为了一己私利将女儿送进流氓李空山的怀抱，毁了女儿的一生。事实上，大赤包代表一部分在日本辖制下的北平人的精神状态。肉欲的放纵和物质的肆意享受让他们在精神上得到解放。在民族情感和贪图享乐之间，他们选择了后者。在这种矛盾的社会心理背景下，大赤包成了这些群体人物形象中的女性代表。她是小康家庭的主妇，传统观念上讲应当是老实本分、勤恳顾家，但她完全不符合传统道德文化中对女性的要求，没有一丝纯良、勤劳可言。她看着丈夫的无所事事心生不满，却私自出卖国家利益甚至出卖亲生女儿。老舍通过刻画这类人物形象，深刻揭露

① 老舍：《柳屯的》，北京：人民文学出版社，1999，第 204 页。

和批判了国人的"国民劣根性"。

在《骆驼祥子》《柳屯的》《四世同堂》等小说当中，虎妞、"柳屯的"、大赤包等女性的强悍个性、个人能力以及粗犷的外表都颠覆了传统审美中对女性外形、性格的标准要求。以虎妞为例，首先从外貌角度看，又丑又黑的虎妞并不符合男性的审美要求，体现了老舍等男性作家创作意识和审美观的局限性。因为在传统文化心理结构中，男性对女性的外貌要求是肤色白净、体态娇美。但反观虎妞，外形又老又黑。在传统眼光中，这样的女性很难体现出其身为女性的外在特点和形象价值。其次，虎妞泼辣的性格与传统社会中男性与女性的角色定位严重不符，吃苦耐劳、温柔善良、谦恭有礼等在她身上都不存在。从心理层面看，虎妞父亲虽然是车厂老板，然而经常感慨只有女儿没有儿子，给了虎妞强烈的男性化竞争的心理暗示，开始自觉地向男性气概方面发展，这也导致她后来与丈夫祥子出现了角色互换，打破了传统对于男女性别角色的限制。在这部小说中，作者描述了祥子肩膀厚实粗壮，能够顶天立地，这才是一个男人应该有的形象。而女人应该像小福子那样，依赖男人养着宠着，瘦小软弱。然而，虎妞将这种看似完美的形象预设彻底击碎了，而且遭到了从男性到女性的抵制。如果一个男人阳刚之气非常明显，除了会受到社会的广泛接纳之外，还会被评价为具有男子气概，勇气和智慧共存。然而，在女性身上表现出这些特征时，一直以来的社会价值取向就被打破，随之而来的是批判和责难，传统思想的人们无法想象，虎妞这样的女人，会比男人的能力更出众、更强悍。从身体欲望层面讲，虎妞在三十七八的年纪，作

为一个成熟女性依然未能成家，她和常人一样有自己的生
理需求和情感需求。由于长期处于性压抑的状态下，她对
祥子身体的迷恋与渴望也非常强烈，像失去理智一样地想
要通过祥子释放她的欲望，这其实属于正常的生理表现。
因此笔者在分析"虎妞"的形象时，对虎妞的理解与同情
是情理之中，在一定程度上要肯定其抒发性本能的表现，
而非以男性中心立场，单向认为祥子的悲剧与被逼婚，都
是虎妞一手造成的。从经济地位来看，虎妞掌控了经济大权，
出钱给祥子买了车，但也并不能作为虎妞对男性权威的挑
战甚至侮辱的理由。

　　无论是虎妞还是"柳屯的"，抑或是大赤包，尽管因
不同的原因导致她们成了悍女，但她们却体现出了共同点，
即强悍蛮横，无视传统伦理道德，不仅在言语行为表现得
异常泼辣，对他人人格的践踏也显得非常强势。她们是女
性群体中的悍女，完全不遵守传统社会制度和良俗公约，
但她们在不自觉中受到这些制度和文化的制约，所表现出
来的男子气概也是出于其顺从于男性权力和竞争压力时的
心理暗示或精神追求。

　　总体上看，现代作家在塑造悍女形象时，共同点在于
作家们对悍女形象的基本态度和价值评判，以自我生活经
历和感受作为写作的主导宗旨。区别是男作家和女作家的
创作立场、性别意识和内在欲求不尽相同。老舍等男性作
家由于其自身传统情感和心理的限制，对于异于传统审美
的泼妇、悍妇持有否定甚至畏惧的态度。庐隐等女性作家
由于其对情感经历有着细腻体悟，认同并追求与实践着自
由平等的女性意识，因此对于勇于反抗男性主义传统的悍

女持有肯定颂扬的态度。综上所述，现代作家大力主张自由和个性的权利，同时存在未能在真理意义上深刻探讨和追求的遗憾，进而造成了现代小说直至当代小说中悍女形象后续自由动力的匮乏，以及完整个性人格的缺失。结果，由此所该承担的一系列伦理责任和空间实践功能在绝大多数作家那里也都遭到了一致性拒绝。正如路文彬提到的那样：中国文学担负着现代性启蒙使命，即使不能算是方向上表现出根本性遗憾，起码在实践或方式上有很大偏差。一种没有感情的理性和凌驾于社会民众的教化方式，一直制约着彼时作家之于其启蒙对象的真正关怀①。

---

① 路文彬：《反抗·希望·拯救：中国现代文学主题的伦理性缺欠》，《社会科学》2013年第8期，第168页。

第三节　中国当代小说：
从"铁姑娘"到"女强人""女汉子"

克里斯特瓦从词源学的角度梳理了"反抗"一词的起源和演变，笔者从中窥探到其所含有"返回""滚动""翻转"等多重意思①。"本质时刻召唤着记忆，故而记忆始终指示着本质的方向，引领主体走向抑或说回到本质的途程。"②"反抗是意义的追寻，是构建和承担；它在行动上也许只是个人的，但在实质上则必定是集体的，因为它所谋求的是基于集体共同承认的普泛性价值。有鉴于此，本质上的反抗既非创造，亦非否定，而是找寻和肯定。"③

如果说中国现代小说中悍女形象对传统的反抗，是受制于现代性启蒙者们塑造而成的不指向本质的"他者"，那么当代小说中的悍女形象则具有本质性地对"他者"认知的突破，以独立自信的姿态明确了自身对自由的追求与对权利的主张，同时也展现了时代对这类女性投射出欣赏的目光。

"铁姑娘"的这个称呼，是对能力强悍、做事果断，为

---

① ［法］朱丽娅·克里斯特瓦：《反抗的意义和非意义》，林晓等译，吉林出版集团有限责任公司，2009 年，第 2～7 页。
② 路文彬：《论文学视域中的反抗》，《兰州学刊》，2016 年第 8 期，第 31 页。
③ 路文彬：《论文学视域中的反抗》，《兰州学刊》，2016 年第 8 期，第 31 页。

了实现国家化集体化生产的女性的称呼，带有男性眼光去欣赏的性质，但是那个时代造成身体的麻木，在外表和内心都走向男性化，能力和男人一样强。也就意味着，这个"铁姑娘"的称呼，既有时代鲜明的一面，是大炼钢铁时期的产物，又有时代局限性的一面，则体现在铁姑娘缺少女性特质。而新时期小说中的女强人，更倾向于强调既有女性特质，又同时有竞争意识。事实上，女强人在新的和平年代，具有极强的奋进与竞争品质。"男性的分裂性思维模式暴露出来其极度虚弱的自恋心理，此种心理导致的一个可怕恶果便是爱的扭曲，也可以说是回应能力的丧失。当交往和相处不是以倾听与回应作为基础准则时，排斥和夺取势必就成了社会唯一的人际内容。相应的典型表现于和平年代便是整个社会皆在不遗余力大加追捧的奋进与竞争品质。正如内尔诺丁斯所指出的，这种品质的历史根源是有着残忍的本性，并且确立了森严的父权等级制度。为了在和平年代继续维系住这仅仅属于男性的美德，男人们煞费苦心地经营着一个没有兵器的后战争社会。不幸的是，许多女性都没有认识到这一点，因为是心甘情愿地加入了这个恶的阵营。这里没有兵器，不见厮杀，但依旧有着相较于以往有过之而无不及的失败和死亡，因为敌人已是无时无处不在的。战争年代的敌人总以明确的集体形式出现，而今每一个他者都是我们潜在的敌人，并且这必然是一场唯有死亡才能宣布结束的战争。所以，竞争社会的个体只能是孤立的，并且被迫主动想象和搜寻着自己的敌人。"①

---

① ［美］内尔·诺丁斯：《女性与恶》，路文彬译，北京：教育科学出版社，2013，译者序第7页。

因此，新世纪小说中的"女汉子"，随着社会眼光的变化，内涵及其体现的性别意识也在变化和变革中。

首先是当代"十七年"小说中的以"常有理""小腿疼""铁姑娘"等为代表的悍女形象。

1949—1956 年这期间的典型的悍女人物形象有"常有理""能不够""惹不起"等。"十七年"小说作家们的人生经历、生活方式、语言艺术特点、叙事风格和创作方式，都呈现出鲜明的时代特点，男性作家和女性作家共同积极参与政治与社会变革，他们的社会地位、经济地位以及精神气质也在一定程度上影响了这一时期的作家创作风貌，既是对这一时期女性文化与生活图景的一种文学再现，也是一种具有创新性的性别文化想象与建构。在"十七年"小说中的很多农村题材文本里所塑造的农村泼妇形象非常多，比较典型的有赵树理《三里湾》中的"常有理""能不够""惹不起"等。

《三里湾》（1955 年）中的悍女们具有家族特征，相互影响并且代代传承。"常有理"与"能不够"是亲姐俩，"惹不起"是"常有理"的大儿媳，"能不够"把自己治夫法宝传给女儿袁小俊。"常有理"是个无理占三分、善于胡搅蛮缠的农村妇女。三儿媳菊英遭受虐待，据理力争："照我娘说的，好像是我不愿意吃汤面，可是我实在没有见哪里有汤面呀！吃糠也行——我也不是没有吃过，不过要我吃糠也得给我预备下糠呀！"[1] 婆婆"常有理"却是强词夺理，话中藏刺："孩子都是我的孩子，媳妇自然也都是我的儿媳，

---

① 赵树理：《三里湾》，上海：上海文艺出版社，2019，第 85 页。

哪一根指头也是自己的骨肉，我也犯不上偏谁为谁！……我和大伙家吃了没有意见，不知道我们的三伙家想吃什么！人和人的心事不投了，想找碴儿什么时候都找得出来！像这样扭扭别别过日子怎么过得下去呀？我也不会说什么，请你们大家评一评吧！"[①] 如果不是了解事情的前因后果，只听这段话还以为是婆婆有理呢。所谓"无理搅三分，得理不饶人"。她的大儿媳则和她臭味相投，是一个愚昧自私、刁钻刻薄、蛮横撒泼的妇女，她在和满喜吵架时撒泼的场面令人印象深刻。"能不够"是个逞能自私而又愚昧的悍女，具有"骂死公公气死婆，拉着丈夫跳大河"的"本事"，把丈夫管得服服帖帖。

其他小说，尤其是女性作家创作的小说，有一定的创新性和探索性，在"政治化""泯灭性别""中性化写作"等方面并不纯粹，而是既有主题、人物、风格等方面的主导性或者说整体性建构，也有相应方面的异质性和复杂性。比如杨舒慧的《黄花岭》、茹志鹃的《如愿》《春暖时节》、韦君宜的《阿姨的心事》、林蓝的《预分以后》、陈桂珍的《钟声》等作品呈现了女性在公共劳动空间属性的变化以及经济权、就业权的获得，对女性身份认知与悍女形象建构产生的巨大影响。何大妈（《如愿》）、静兰（《春暖时节》）、王家秀（《预分以后》）、李玉琴（《阿姨的心事》）等女性没有任何家庭地位与社会地位，她们曾经遭受了旧时代家族的压榨和男性权力社会的压迫。在社会主义工业和农业建设的时代大潮激荡之下，这些女性踏入社会公共空间，参与时代变革，在公共领域的劳动中充分发挥了自己

---

① 赵树理：《三里湾》，上海：上海文艺出版社，2019，第 85 页。

的聪明才智，验证了妇女的价值和能力，并且掌握了一定的经济权和话语权，进而获得了前所未有的社会地位和家庭地位。

另外，为协调女性在家庭与事业之间产生的矛盾，帮助女性缓解劳动压力，国家层面也在不断探索尝试家务劳动的全民化、社会化，在城市和乡村都开办托儿所、食堂等，大量宣传男性也应承担起部分家务劳动的思想，从政策起草和执行层面来提高女性的地位，并认同女性的家庭劳动价值。茹志鹃的《春暖时节》、陈桂珍的《钟声》、曾克的《考验》、申蔚的《白桂香》等作品都从家务事、家庭关系入手，探讨社会主义时代家务劳动的价值与家庭妇女的社会地位，展示了新中国所开展的家务劳动社会化对家庭妇女走出家庭、进入公共空间所起到的推动与保障作用。

其次是1957—1966年，典型的悍女形象有"小腿疼""吃不饱""铁姑娘"等。《"锻炼锻炼"》（1958年）中的"小腿疼"和"吃不饱"是典型的农村"落后"女性，两个人不仅喜欢占便宜，还表现出各自与众不同的特征。"小腿疼"年老力衰，在村里辈分高，喜欢倚仗自己的老人身份来为难别人。年轻时，她为了让丈夫承担家务工作，而落下"小腿疼"的"毛病"，开心了不疼，不开心就会小腿疼，上街、串门、走亲戚热闹时不疼，需要做家务了就会疼。儿子结婚时，为了支使儿媳妇，她又开始"小腿疼"。每天让儿媳妇给自己端茶倒水、近前伺候。而任何可以占便宜的事情她都不会落下。当听到可以"自由拾花"时，她就开始算计怎样能多捞一些。在其"自由拾花"败露后，"小腿疼"像泼妇一样在公共场所撒泼、骂街，最后被逼无奈才勉强承认错误。相比较而言，"吃不饱"李宝珠年轻貌美，在十里八村都有知名度，是一个有新思想的"落后"人物。由于对女性的幸福是由男人决定深以为然，她决定要找一个能够供她吃喝的"干部"成家。但是时间一天天过去，她始终未能如愿，最后只得嫁给一个农民。但是李宝珠的条件非常苛刻，她要求家中经济大权归她掌握，婚后还不能下地做农活，只负责做饭。结婚后，"吃不饱"对丈夫严厉苛刻、颐指气使，开始琢磨离婚。当社里动员她参加劳动时，她却说家中粮食都被丈夫吃光，想要以此逃避劳动，最终落个"吃不饱"的名声。"小腿疼""吃不饱"这些作为反面典型的悍女形象，其反面性其实是在国家伦理视角与道德定性的观照下被刻意放大了的[1]。她们的"性别并非偶然，她们的存在实际上同时揭示了男性伦理之于女性伦理的某种压迫"[2]。

　　黄宗英报告文学《特别姑娘》（1963 年）、《小丫扛大旗》（1964 年）中塑造的"铁姑娘"形象，不仅展现了广大妇女在国家民族解放、社会建设中作出的巨大贡献，呈现妇女解放与国家、民族、革命、建设等宏大话语之间的密切联系，而且极大地挑战、质疑了传统妇女角色规范，建立了一套具有革命意义的性别话语与知识体系，为新中国妇女提供了可视可见的效仿典范与认同主体。女司机、女干部、女劳模、女英雄等悍女形象的大量涌现与广泛传播，与国家意识形态形成了同构互动的关系。当女性进入一些在传统意义上隶属于男性的运输业、重工业、矿业、

---

[1] 路文彬：《中国当代文学自我意识的伦理嬗变》，《东方论坛》2021 年第 1 期，第 50 页。

[2] 路文彬：《中国当代文学自我意识的伦理嬗变》，《东方论坛》2021 年第 1 期，第 50 页。

航空业后，悍女形象也开始涌现，比如各行各业的女司机形象。葛琴的《女司机》、林艺的《马兰花开》、罗洪的《码头上的姑娘》等塑造了以火车司机孙桂兰、推土机手马兰、大吊车驾驶员丁慧艳等为代表的新一代职业女性。这些女性以强悍的姿态和高昂的热情，成功突围到男性占据主导位置的行业，打破由父权制文化所框定的性别禁忌和壁垒，颠覆了传统文化观念中的"男主外，女主内"的性别角色分工。这些女性突破了行业默认的属性和规范，也打破了之前由男性所主导的行业垄断权，在新的行业领域创造出崭新而惊人的事业奇迹。她们由此散发出的人性光辉，获得的社会地位与家庭地位，都给人们留下了深刻的印象。如葛琴的《三年》、草明的《火车头》《乘风破浪》、江帆的《女厂长》等作品，塑造了一批工作在新中国工业领域，既具有领导者气度与才能，又有亲和性和包容性的悍女形象，颠覆了传统社会有关"妇女不干政"的刻板认知。在新中国社会主义建设时期，不仅知识女性获得参政权利，走上了各类岗位，而且大量的普通劳动妇女也获得了参政议政的机会和权利。如黄庆云的《妇女主任》、季康的《五朵金花》、茹志鹃的《里程》《阿舒》等作品，成功地塑造了妇女主任、女社长、女队长、女组长等优秀的基层妇女干部形象。

从以上作品中的典型悍女形象出发，一方面不能否认的是"十七年"小说具有鲜明的时代精神风貌，和它在展现和带动全民参与国家社会主义建设热潮中所凸显的当代文学史价值。另一方面不能回避该阶段中的小说所呈现的历史伦理局限性。反映到文学中，"十七年"小说的伦理情感与空间呈现了集体生活空间主导私人空间的特点。在这个时代大环境大背景下，家庭私人情感是被隐藏遮蔽的，吸引彼此不是因为欣赏对方的外貌打扮和性别特质，而是因为对方具有了好同志、好社员的公共社会认定的特质，更像是公共空间的合作者，而非家庭的亲密成员。即使在离婚考虑孩子抚养权时，夫妻双方也不会有分别的痛感，因为他们一致认为孩子是从属于国家集体的，而不是家庭私有的，与个体情感是无关的。在这里，不论是父母还是他们的前辈与后代，都是作为国家的公民形象出现在作品中的。在村民眼中，"吃不饱"都是落后分子，但是当她们作为女性通过"离婚"这一在当时属于破天荒的事件来对个体自由权利的争取时，村民们才认识到离婚自由而非婚姻自主，对传统父权与男性地位构成了威胁和挑战。"吃不饱"等悍女形象所呈现出来的激进的扭曲状态，付出了以牺牲女性秀美端庄的代价，导致的结果是人人不喜欢，但人人不敢惹，是农村公社中的"问题女性"和人民内部需要团结的对象。然而从伦理角度来看，这些"问题女性"的饥饱疼痛等与身体实际及个人欲望，不仅没有得到妥善的保护，反而在国家意志的主导下被搁置了①。而"铁姑娘""钢铁战士"在"十七年"小说中的大量描写与推崇，则与大炼钢铁的时代背景有关，事实上，"铁姑娘"的感觉是麻木的，身体是消失的。接下来是从"十七年"小说到1976年，有关悍女形象的创作基本中断，鲜有塑造悍女形象的、公开出版或地下流传的文学作品。再次是新时期

---

① 路文彬：《中国当代文学自我意识的伦理嬗变》，《东方论坛》2021年第1期，第50页。

以来小说中的悍女形象。新时期以来，尤其是改革开放以后，
随着政治经济体制改革的不断深化和西方文化思潮的涌入，
新时期文学从伤痕文学、反思文学到改革文学，再到寻根
文学、先锋文学，逐渐打破了以政治生活重大事件和政治
主张为中心的文学创作的枷锁，同时也平复了人们从"男
女平等""女人能顶半边天"的幻觉，重新回到女性个体
经验的时代，续写当代中国女性的生活感受和性别遭遇。

　　在 1978—1983 年这个时期的小说中对于悍女形象的塑
造，不仅体现了作者对男女两性的关系，尤其是对家庭关系
的进一步思索，将目光放在逐渐暴露的两性冲突方面，也
初步有了对悍女形象进行性别伦理和社会伦理的思考与探
讨。在女性的主体价值和个性实现的追求方面，作家们开
始有意识地塑造和解读女性。这个时期小说中的女性不再
甘于做"成功男性背后的女人"，不再满足于这样一个牺
牲者、奉献者的角色定位，而是希望像男人一样获得同样
的发展机会，来实现自己的人生价值，这显然是新中国成
立后男女平等理念的深入发展和实践。在此意义上，张辛
欣的《我在哪里错过了你》（1980 年）、《在同一地平线上》
（1981 年）、《最后的停泊地》（1983 年）都以三十岁左
右女性为主角，写尽了自强好胜的职业女性在面对爱人、
面对感情时，对自身性别角色与社会角色的分类产生的惶
惑与迷乱[1]。胡辛的《四个四十岁的女人》、李惠新的《老
处女》中的盛小妍 38 岁、《人到中年》陆文婷 42 岁、《方
舟》三个女性四十岁左右，描写了一批与新中国一起成长

---

[1] 马春花：《被缚与反抗——中国当代女性文学思潮论》，济南：齐鲁书社，2008，第 81 页。

的中年女性。她们成为女性作家的重点观照对象。这些新时期以来的女性命运，因为其独特的人生体验和性别构想，也就具有了发人深省的意味。这类女性接受过新中国成立初期狂欢的洗礼，也有在某些热潮中的迷茫、困惑和彷徨，同时又沐浴着改革开放的春风。其他作品如林子的《给他》（1980 年），给"文革"过后人们干涸焦渴的心灵以情感的甘霖。她们都面临着新的时代背景下成年女性的焦虑：爱情婚姻的伟大梦想正在解体，遭受了两性情感失利带来的迷茫和伤痛；事业已经有些起色，却已经付出了太多代价。

张洁的《方舟》发表于 20 世纪 80 年代初。小说中的三个女主人公在大学毕业后通过努力事业小成，后来又因离婚、工作等危机同住一间房。然而她们不管走到哪，"离婚女人"这个标签她们处处受到冷遇和非议。为此，她们备感焦虑和痛苦。张辛欣的《在同一地平线上》中的男女主人公在经历"文革"十年后，选择回到城市结婚。丈夫希望"她"温柔体贴，但是"她"不愿做依附于男人的传统贤妻，同时又渴望丈夫的爱。婚后一年"她"报考了电影学院导演系，为了能专心上学她没有和丈夫商量，而是独自决定做人工流产，导致了丈夫出走、夫妻分居直至离婚。从叙事角度看，这部小说的社会心理内容极其丰富，深刻描写了"她"这个新时期的女性，承受着巨大的社会和家庭的双重心理压力，经历着爱情婚姻带来的迷惘与思考，也通过女主人公呼唤着男性的理解和包容。这不仅是女主人公的内心深处迸发出的呼唤，也隐喻着当代生存环境中女人和男人面临着同等甚至更大的社会生存与竞争压力。女主人公非常上进，无时无刻不在思考怎样出人头地，她深刻地意识到自己与男性处在"同一地平线"上。她不满丈夫对自己的处处安排，而是希望有自己的奋斗方向，她也要在同一个地平线上创造自己的辉煌。最终引发两人之间的矛盾冲突并且演变到不可调节的地步，两人走向陌路。

从 1984—1993 年，尤其是从 20 世纪 80 年代中后期到 90 年代初期，同样出现了一批塑造悍女形象的小说。如张洁的《无字》、王安忆的《富萍》《逃之夭夭》、残雪的《山上的小屋》、张抗抗的《作女》、铁凝的《玫瑰门》、陈染的《私人生活》、林白的《一个人的战争》、池莉的《烦恼人生》、方方的《暗示》、徐坤的《厨房》、徐小斌的《羽蛇》、赵玫的《欲望旅程》等。

张洁的小说《无字》对女作家吴为的人生经历进行了描述，呈现的是这名女作家家族几代女性的婚姻家庭经历，深刻体现出女性的自我体认及对真爱理想的反省与追求，呼唤人们找寻女性精神家园的根脉。王安忆的长篇小说《富萍》讲述的是"文革"前 1964—1965 年的故事。作者从国内移民话题入手，描述上海人怎样来到这个城市。小说里的富萍自小在亲戚家成长，缺失父爱母爱，履行与"奶奶"孙子的婚约奔赴上海，过着一种半封闭的生活，置身于城市的繁华之外，在自己的一方小天地中守着自己的个性。她外表木讷，内心却透着聪慧，表面柔和顺从，骨子里却很倔强，事事都有自己的主张。《逃之夭夭》同样是王安忆的作品，描述的是艺人笑明明和女儿郁晓秋两代上海女性的命运沉浮。小说以平实、柔软而坚毅的风格，演绎了俗世凡人备受磨难却拥有沸腾炙热的生命力，揭示了女性独特的心灵世界。

残雪的《山上的小屋》是其先锋小说的代表作。小说塑造的女性形象有"父亲""母亲""妹妹""我"。其中"我"的状态孤独而痛苦，又不乏生存的焦灼。在作者对于生命个体精神矛盾的书写中，"我"反抗生存困境，不屈服于现实，在精神层次反思与追求人生的理想，具有强悍的内心和对生命执着的渴望。在小说的叙述中，"母亲""父亲"和"妹妹"一直处在"我"的对立面，在"他们"当中——"家人们在黑咕隆咚的地方窃笑"①"等我的眼睛适应了屋内的黑暗时，他们已经躲起来了"②"他们很清楚那是我心爱的东西"③，但是仍然"趁我不在的时候把抽屉翻得乱七八糟"④并"重新清理了"⑤，从而导致"抽屉里的一些东西遗失了"⑥。在父权思想的强力压制下，"妹妹"和"母亲"的形象被解构，仅具有语言称谓上的意义，她们在实质上已经是父权社会体系下"父亲"的"帮凶"。所以，在现实社会秩序面前，"我"不得不仅凭自己女性的敏感和委婉，在这样一个社会制度下找到唤醒女性力量的突围点。这种既歇斯底里又幽闭孤独的心理状态，事实上也是在通过自我防卫、自我分裂的方式，深刻揭露了男性主体视角下非常隐蔽又表现出自由反抗意志的女性个体经验。

徐坤的《厨房》存在着枝子与松泽的多重叙事声音，

---

① 残雪《山上的小屋》，《人民文学》1985 年第 8 期，第 67 页。
② 残雪《山上的小屋》，《人民文学》1985 年第 8 期，第 67 页。
③ 残雪《山上的小屋》，《人民文学》1985 年第 8 期，第 67 页。
④ 残雪《山上的小屋》，《人民文学》1985 年第 8 期，第 67 页。
⑤ 残雪《山上的小屋》，《人民文学》1985 年第 8 期，第 67 页。
⑥ 残雪《山上的小屋》，《人民文学》1985 年第 8 期，第 68 页。

共同建构了悍女形象叙事的权威，与徐坤所秉持的性别文化立场相一致。她曾指出："了解九十年代的女性写作实践时，凸显'文化立场'而非'性别立场'是需要格外注意的一点。"① 从叙事话语风格看，徐坤并未采取激烈的反抗"声音"叙述女性的生存困境，而是从性别文化立场，多角度地看待女性的现状。可以说，《厨房》既包括男性视角下社会文化的心理积淀，也包括女性自身存在的弱点以及女性独立意识的转变。叙事者通过跨性别的评述，展现了对女性生存困境沉重的思考。总体上说，这个阶段的小说不仅具有和创作年代社会话语环境的一致性，也因为作家不同的成长背景、社会身份、话语风格等因素的差异而各具叙事风格，展现了不同性格特点的悍女形象。

最后是 1994—2000 年小说中的悍女形象。在已有的探讨男女两性关系以及家庭伦理的基础上，作家的写作态度和形象侧重点出现了实质性的革新，张抗抗、方方、苏童、贾平凹、余华、莫言、毕飞宇等作家都将创作视角投向了悍女形象。尤其到了 20 世纪 90 年代的新写实小说、新历史主义小说等，再到新世纪小说，作家的个体化写作涉及的悍女形象更加多元而丰富。

张抗抗的小说《银河》将两性关系隐喻为银河里的星星："世间的许多男人和女人，将隔银河而相望，却极少有人能够逾越……每颗星都是一个寒冷孤独的个体，虽然彼此的光芒可以互相传递互相照耀，但它们之间的距离却永远不能移动不会变更。"② 与 20 世纪 80 年代的作品叙事风格

---

① 徐坤：《双调夜行船——九十年代的女性写作》，太原：山西教育出版社，1999，第 5 页。

② 张抗抗：《银河》，《中篇小说选刊》1995 年第 2 期。

相比,《银河》少了张洁式的激越愤怒,多了张抗抗式的冷静深刻。小说的上篇为"都市男人",下篇为"都市女人",描写塑造了亮星云、暗星云和弥散星云这三种生存形态的都市男人,将他们与都市女性方小姐、狄总、叶女士的情感纠葛交织在一起,展现了当代都市男女因执着于自我而表现出情爱的错位和沟通的隔阂。小说《银河》中的狄总、方小姐和叶女士,代表着两类都市女性形象。狄总和方小姐具有当代中国职业女性典型的人生态度和思维方式,而叶女士则遵循着"男主外女主内"的传统生活方式和人生路线。这两种女性形象之所以典型,与中国父权社会和男性霸权造成的对女性的身心压抑密不可分。女性们在长期的文化历史进程中积淀了巨大的心理反抗力和容忍度,而改革开放后出现宽松自由的社会经济环境,又促动她们拥有了活跃在都市的生存权和选择权,从而使生存方式多元化以及更高层次的生活追求成为可能。无疑,狄总和方小姐都是具有强烈主体意识的"女强人",她们的生存哲学就是要做一个现代的女人,彻底与传统社会道德观念划清界限,实现女性独立自由的生命价值,解放女性的精神和肉体。

可是问题在于,狄总生为女人,具有女性的生理特征,但极强的事业心使得她的女性特质受到削弱,男性气概得到强化。她在为布工生下一个儿子后便跑到深圳去开发高科技产品,很快就成了一家大公司的副总经理。在离婚后,狄总索性成了总经理。而在处理两性关系时,狄总采取的是与男性竞争的眼光和角度。她认为"一个成功的女人,应该拥有一个更为成功的丈夫，才是女人真正的成功"①，而丈夫布工不思进取、平庸至极。如布工上班的工厂只有一个高级工程师的名额，竞争非常激烈，然而布工居然放弃竞争。狄总让布工到自己所在的公司担任部门经理，却被布工直接拒绝了。布工习惯了长期以来的闲散日子，就算那些书无法售出，但或许今后就出现"洛阳纸贵，万古长青"的局面了呢②。尽管已经离婚，但孩子是他们之间割不断的纽带。当初协议离婚他就提出无论如何要留下孩子——因为狄总太忙，没时间照顾孩子。事实上，布工即使真像她说的那么平庸无能，可培养孩子还是绰绰有余的。要知道，当初两人是大学同学，当时的布工成绩和表现远优于狄总，当时的成绩、辉煌历历在目，是全校女生的关注点。当然，狄总也是其中之一③。但毕业后参加工作，布工好像一直不太顺利，先是工作所在的研究所解散，后来考硕士博士不顺利。好不容易出版了自己的书，到最后还要自己亲自销售，最终只得在一家工厂当一个不起眼的工程师，同时还要照顾家庭。布工的这些表现，在妻子狄总眼里都是平庸的表现，渐渐对他生出强烈的不满情绪，就连在床上也提不起兴致，两人的感情一天比一天冷淡④。而布工也发现，他身边的女性普遍表现出这样的特征：掌握家里的财务大权，在家里发号施令，对丈夫严加看管。在他看来，这些女性都不同于传统意义上的女性形象了，现在报纸还在大肆宣传女权主义，像狄总那样的人，真正有了权后，还能保留多少女

---

① 张抗抗：《银河》，《中篇小说选刊》1995 年第 2 期。
② 张抗抗：《银河》，《中篇小说选刊》1995 年第 2 期。
③ 张抗抗：《银河》，《中篇小说选刊》1995 年第 2 期。
④ 张抗抗：《银河》，《中篇小说选刊》1995 年第 2 期。

性特征呢①？最终，事业成功的狄总不仅没有收获她理想中更为成功的丈夫，还失去了"平庸"的丈夫，而他们的孩子，在这场遥遥无期的性别战争中，成了双方来回抢夺的筹码，同时也承受着冷暴力的打击和伤害，承受着他这个年龄本不应承受的社会压力和心理压力。

方方在小说中也非常擅长描写家庭婚姻生活，描述婚姻生活中的两性抗争。需要关注的是，她对"悍妻弱夫"组合形式的塑造比较多，笔下有很多柔弱的丈夫和强悍的妻子形象，比如英芝与贵清（《奔跑的火光》）、李宝莉与马学武（《万箭穿心》）、陆建桥和他的老婆（《黑洞》）等当中的家庭构成都是这样。这离不开当时社会经济文化的影响，就像陶东风所言："20世纪90年代常见的大众生活状态可以总结为追求欲望的满足，向着金钱的目标，通过理财的手段来谋求利益。以往的应用主义、理想主义不复存在，取而代之的是现实原则、实利原则。相较于八十年代来说，九十年代的人们非常现实，他们已经不太关注意识层面的问题，社会环境更多地表现出人文科学和意识形态相互牵连的状态。这样的背景下，一定也会影响到人的思想、精神、意识等，从而导致人文价值的冷漠②。"于是，在这样的环境影响下，不难产生"悍妻弱夫"的家庭配置，弱夫很难充分担起家庭的责任，而且还要被"悍妻"责骂，男性的尊严被严重打压，就像知识分子马学武始终敌不过小市民李宝丽的巧舌如簧。当出轨事件败露，他蒸蒸日上的事业也瞬间被毁，后续一系列家庭的不幸和

---

① 张抗抗：《银河》，《中篇小说选刊》1995年第2期。

② 陶东风：《新时期三十年人文知识分子的沉浮》，《探索与争鸣》2008年第3期，第17页。

生活的打击让他丧失了活下去的希望和勇气，最终跳江结束他自己的一生。这些男性在小说中被塑造成弱者的形象，他们的背后有个悍妻，这让他们的沉默背后有很多的无奈，身心都在承受着巨大创伤和折磨，背后的悍妻外强中干，但对他们的打击却丝毫不弱，这些悍妻在与丈夫的对抗上看起来取得了胜利，但实际上也是受到男性权力的文化心理影响，于是投射到悍女自身，就产生了对于男性气概的不自觉模仿。在这个意义上说，"悍妻弱夫"的组合对于家庭来说无疑预示着夫妻和解的失败，最终带来的是情感的两败俱伤。

池莉的小说《来来往往》（1998 年）中的段莉娜让人觉得既可悲又可恨。面对不忠的丈夫，她的思想故步自封，希望由组织出面来帮助自己协调沟通以保全自己婚姻的完整，这样"能够彼此做到节制而又有尊严。心照不宣"①。当挽留已无效，她发现无法改变现状，知道自己的婚姻最终只能走向失败的结局时，她就开始了自我挣扎，不顾自己的形象和尊严，紧紧抓住这段残破的婚姻不愿放手。段莉娜的思想非常矛盾，她身上有一种令男性不安不适的悍女气息，但她的坚持和勇气具有打动人心的效果。尽管婚姻已然名存实亡，但她却选择利用这段即将破碎的婚姻将男性强行捆绑束缚在自己的身边。在这种近乎无赖式的死缠烂打中，段莉娜渐渐迷失了追求爱与反抗的独立主体意识，距离自我救赎渐行渐远。

在苏童的小说中的悍女形象是有多面性的。如《妇女

---

① 路文彬：《理论关怀与小说批判》，上海：东方出版中心，2010，第 150～152 页。

生活》中的看守酱园店员杭素玉一面动不动就撒泼耍赖，一面和店主任保持私情。《妻妾成群》中的梅珊，形象俊俏，有自己的思想和性格，为人直接泼辣，动不动就以病来威胁陈佐千。在被冷落、被忽视后，她找机会和医生好上了，在大雪天精心打扮前去幽会。《灼热的天空》中的棉布商女儿粉丽设计勾引单纯士兵。《南方的堕落》中茶馆老板娘姚碧珍在丈夫病危之际勾搭小白脸。《神女峰》中的描月抛弃了对自己一片痴心的男友，和萍水相逢的男人私奔。《城北地带》中的金兰周旋在一对父子之间，迷惑人心。在苏童的小说中对悍女形象的刻画和描写，有明显的男性暧昧心理：一边是好奇和欣赏，一边又是厌恶和恐惧，就像《米》中织云在瓦匠街没有一句好评，十五六岁就成为六爷的"玩物"，作者对其虚荣势利的思想观念进行了着重刻画，深刻揭露了其不知好歹的本性，并且又借男人的眼睛描述了她的美。对于这些女性性格的弱点和缺陷，作者通过她们平时的言行表现进行刻画，比如骂街、厮打等，深刻揭露了她们的丑恶嘴脸，对于细节的描摹入木三分。苏童对悍女形象的含糊态度，与古典世情小说中宣扬悍女兼有色与恶有本质上的相通，也可以说这体现了一种过度暴露而任性的男性中心价值立场。

　　贾平凹的小说中塑造的悍女形象有黄鸿宝老婆、宁洪祥老婆、蔡老黑老婆、庆玉老婆等，这些女性和丈夫结婚的时候基本上都是丈夫最为困难、贫穷的时候，她们在丈夫逆境时跟了丈夫，但丈夫后来有钱得势后却嫌弃厌恶她们，甚至将她们一脚端开。这类女性，在丈夫看来她们是可以共患难的，却不愿意与她们同富贵，她们最终变成被男性嫌弃的糟糠之妻。对于这些丈夫来说，糟糠之妻是留不得的，其行为、思想、一举一动都被丈夫认为是粗鄙、低俗、邋遢的。她们不注意自己的形象，外貌毫无女性特征，为人粗俗、泼辣，性格也丝毫没有温柔、贤良之感，既没有远见也没有胆识，同样也不具备独立的个性。这样的女性形象是不符合男性传统审美的。在他们困难时，他们不会阻止这样的女性在身边。但一旦他们发迹，自我膨胀和扭曲的自恋心理致使他们认为只有更好的女性才能配得上自己，从而将原配狠心抛弃。这类具有泼妇特质的女性形象既有自己的悲哀，也有她们的普遍缺陷，缺乏反抗的勇气。余华的《许三观卖血记》（1995 年）的悍女形象也形象鲜明，如许玉兰、何小勇的女人等。莫言等作家小说中的悍女形象将在后文的相关章节进行重点论述。

　　在中西方父权制传统文化语境中，权力者所强调的男性中心主义标准与对泼妇、悍妇形象的偏见之间存在着深厚的沟壑，而这个沟壑实质上是性别沟壑，无问西东，不谋而合又意味深长。可以说，泼妇、悍妇的女性特质与时代的自相矛盾体现得非常明显。"女性的力量与无力、她们的魅力与魅惑、在反对根深蒂固规范上的政治激进主义、她们在面对命令其保持沉默时的能言善辩，也指出了人们对女性的期待与女性实际经验之间的这种冲突。"[1] 同时也体现了那些试图牢牢把握公共空间政治权力和拥有时代改革力量的男性，对于无法征服和占有这类女性时所感到的深深的恐惧。由于世界男性中心主义文化语境的深刻影响，以及悍女自身无法克服的迎合与服从男性权力主体的内在

<hr>

[1] ［美］内尔·诺丁斯：《女性与恶》，路文彬译，北京：教育科学出版社，2013，第 78 页。

性别弱点，导致从近代至现当代的悍女形象之文学想象经历了深具倾向性的演变历程。近代文学语境中的悍女形象倾向于打破沉默规约又嫉恨同性，展现了其在男性中心主义视角下崇拜与嫉妒并存的社会心理。现代文学语境中的悍女形象倾向于描述是依赖与恐惧并存的矛盾体——由于男性权力的制约和不公平待遇，悍女在善恶抉择之间遭到背叛和遗忘，于是体现为既依赖又抗争。当代文学语境中的悍女形象历经"十七年"、新时期、新世纪等阶段的联结和演变，富于身体叙事与空间叙事的张力。从"十七年"小说中的"铁姑娘"到新时期以来小说中的"女强人"，再到新世纪小说中的"女汉子"，虽然男性中心主义依然是绕不过去的，但是曾经消失被遮蔽的身体又重新回归，女性性别特质和身体叙事力度都得到了强化。其中"铁姑娘"如同当时称呼男性为"钢铁战士"，强调了女性在能力上展现出的强大和自豪。而"女强人"则强调了性别差异，突出强势女性的另类，体现出男性歧视主义话语和意识的矛盾与反讽。而新世纪小说中将具有男性气概的女性指称为"女汉子"，虽然也蕴含了性别歧视的因素，然而更多地体现了时代对其欣赏的眼光和性别平等意识。因此，悍女文学形象在演变历程中，不仅受到男性主义的制约，也随时代变迁产生了话语指称和文化内涵的演变，再加上大众的求新心理和媒体催化，社会对于悍女形象的刻板印象发生了改观，对其包容与欣赏程度也得到了相应提升。

回顾悍女形象的文学演变历程，尤其是新时期以来小说中的悍女形象最大的特点，伴随着中国社会文化的深刻转型，对"人"和对"女性"的关注使女性话语的情感、价值和尊严的言说获得了独立的空间和契机，女性生存与发展、社会竞争问题等作为社会热点问题，重新获得言说的合法性和延展性。女性不同于男性的性别特质，性别的差异性与独特性浮出历史空间的地表。随着小说写作时代的历史变迁和性别叙事空间的延伸，悍女形象作为一种打上世俗偏见烙印的女性形象，承载着很沉重的精神和社会文化负担。与"十七年"小说中的悍女形象相比，新时期以来小说中的悍女形象，不再是以政治性的宏大叙事为主的刻板印象，而是来自文学的内部，呈现了一种自发生长的趋势。正如刘军茹所指出的，"这种自生自发的趋势不是自上而下的政治性宏大叙事，它来自文学内部、来自文学自身，来自一种难以遏制的力量"①。

女性命运作为一个指向历史与存在的命题，她的开始无须寄生于国家民族的命题之中，而是可以做到独立出现和生发，作家开始重新思考男女两性相处模式以及家庭关系中女性对生命价值的追求方式和表现。相比"十七年"小说中的悍女形象，新时期以来的小说，从作者到人物形象都有了性别反抗意识的觉醒和实践，发展方向以更加贴近人们日常生活本质展开叙事，是更接近女性真实自然本性的体悟和反思。

---

① 刘军茹：《新时期小说中的感官建构（1976—1985）》，北京：五洲传播出版社，2020，绪论第 2 页。

第二章 当代悍女形象书写
与性别意识嬗变

　　从 1978 年到 21 世纪初，随着时代的变迁发展，社会政治、经济、文化背景发生了深刻变革，小说中关于悍女形象的家庭空间叙事和公共空间叙事，也开始突显出作者性别意识和伦理的实践嬗变。从 1978 年改革开放初始到 20 世纪 80 年代中期市场经济体制基本确立，再到 20 世纪 90 年代中期的改革开放深化，当代小说中对于悍女形象书写与性别意识嬗变，经历了"身份认同的分野与觉醒""自由精神的追求与审视""女性意识的蜕变与重生"这三个有着鲜明时代特征的阶段。需要说明的是，这三个阶段的特征既有传承和交融之处，同时又因为社会经济背景的影响，因此笔者将新时期以来的突出特点进行有意识地区分探讨和论述。

第一节　1978—1983：
身份认同的分野与觉醒

这一阶段悍女形象书写和性别意识特点是身份认同的分野与觉醒，具有开创意义。主要表现在以下三点：一是性别平等意识开始觉醒，在公共社会空间和家庭空间领域共同存在；二是对爱与性的书写与性别意识觉醒，女性对爱的渴望和欲望开始展现；三是男女作家在写作过程中开始呈现出性别意识的分野。

首先，这一阶段文学作品的悍女形象，创作者的性别平等意识开始觉醒——这里不仅有社会角色的平等意识觉醒，也有平等意识在家庭这个社会构成最小细胞中的觉醒和绵延。家庭在"十七年"小说中的形象书写和性别话语是缺席的，到了20世纪80年代，家庭空间中的性别话语和性别意识慢慢彰显。《同一地平线上》《我在哪里错过了你》等作品都充分体现了当前社会女性更加强烈的平等意识。她们的愿望是可以和男性一样在事业上有足够的平等权利与发展空间，并非只是工作权利上的平等。这样的平等思想还体现在女性自我意识的觉醒方面：自尊自爱、自立自强。在《在同一地平线上》中，女主人公的女性意识觉醒，她对丈夫轻视自己的事业心生怨恨，之后演变为她慢慢理解丈夫的思想行为。尽管男女主人公最终仍逃不过离异的结局，但通过两个人相互体谅和理解，两个人的心越来越近。

从作品中可以感受到女主人公对自己的审视和内心的剖析，也回想着她与男主人公艰苦奋斗时的内心悸动。作者没有苍白地赞美年轻人对理想的坚持、不屈的奋斗精神，而是在复杂的社会现实中去展现人物的矛盾心理，所以其笔下的描述更加真实贴切，传递出的感染力也更加强烈。这部作品对人物的心理描述、主观想法进行了大量刻画，除了通过主人公外在形象进行表现，还渗透在作品的整个生活氛围中。这部小说揭示了主人公内心深处的世界，将他们各种隐秘微小的内心活动充分表现了出来。基于人物的心理走向来建立逻辑，小说对男女主人公的心理进行穿插表现，突显了两颗小心翼翼、相互靠近但又难免发生矛盾和冲突的内心。这部作品给予笔者和读者的最大震撼就是其传递出来的当代年轻人的价值观与心理变化。虽然当时这部小说引起了很大范围内的激烈争论，但是不能否认的是，这是一部最早反映我国当代社会心理面貌、人生价值观出现陡然转变的文学作品，新时期以来小说中的性别意识也从这里开始有了新的突破。

其次，这一阶段小说创作中，性爱合一的悍女形象书写和性别意识开始觉醒。张洁的《爱，是不能忘记的》提醒人们，爱情与性不能分离，当代女性的身体欲望需要得到更多的关注。这个阶段的文学作品，如《方舟》《四个四十岁的女人》不再局限于"十七年"小说不谈爱情与性的规约，而是开始重点刻画面临双重角色压力的女性疲劳而沧桑的内心，传达了她们对于希望找到异性依靠的苦苦寻求和对爱的热切向往。就算是以巨大的痛苦挫折和辛酸为代价，在小说中的悍女们看来，其在社会中的发展以及作为"人"的基本权利都是不能或者不愿放弃的。在诗歌领域当中，也体现了女性作者的这项诉求，如舒婷的《致橡树》是对于男女两性平等独立人格的坚持，同时也反映出作者对于两性灵肉差异的思考与困惑。

小说《方舟》中的三名女性一直在苦苦追寻，希望能够形成不依附男性的自我意识，有自己独立于世的主体地位，但是又一直在性别意识的煎熬和痛苦中挣扎。从外因看，离婚女性身份、居无定所、职场性骚扰和厌女体验都令她们心烦意乱，感到性别迷茫；从内因看，这三名悍女正是因为在心理上极度渴望与男性有同等的竞争机会和工作权利，甚至拥有比男性更高的社会地位和身份，才将自己装扮成具有男性气概的模样。因此从内外因分析，在社会环境和内在心理的共同作用下，她们从外表到内心都发生雄性的转变也在意料之中。同时，她们这种朝向男性化特征的转变，也是一种迫于男权压力而产生的女性意识模糊和隐退，以及对其女性特质和个性的再次伤害。从隐喻"家庭空间"的房子，到象征"公共空间"的办公室，由于没有社群认知中的"家"的归属感，未获得代表权力与身份的公共空间的接纳，对自身命运的无力感以及对现实生活的挣扎和不屈，与其说是来自悍女自身反抗不对等性别权力的强烈生存感和危机感，不如更贴切地说是来自她们一直追求爱、自由与关怀的生命理性和自我责任感。正如克尔凯郭尔所言："一种爱之渴望，且因主体在施与爱时不具因施恩而想要得到回报的要求，爱本身便是最大的回报。"[1] 萨特也指出："人，由于命定是自由，把整个世界的重量担在肩

---

[1] [丹麦]克尔凯郭尔：《爱的作为》，京不特译，北京：中国社会科学出版社，2013，第1页。

上，他对作为存在方式的世界和它本身是有责任的。"① 所以，她们感慨命运不公的命运观事实上存在矛盾，即看起来好像放弃对抗而接受命运的安排，但又为自己的命运感到可惜感慨。"这样无序、孤单的生活并不是她们的追求，反而能够揭示她们在男性社会中的边缘感、无力感及绝望情绪，可能还伴随着在被虐或自虐中的等待……只是强调和谐，让她们在融入他者时缺乏出于本意的体谅与柔软，更多的是在外力作用下表现出的急躁、无奈、泼辣。"② 事实上，这充分体现了在男性权力所主导的社会背景下，悍女依然受缚于社会竞争机制的内心挣扎。她们是配角，是权力的弱势一方。她们在命运感的强烈感召下，产生了自我意识上的心理安慰和精神幻觉。然而从自由与命运的角度，她们的社会责任感和使命感，又促使她们以反抗的姿态进行着自我主体意识的提升和拯救。正如刘军茹指出的，"个体敢于并有能力承担自我以及他者的责任，而不是逃离，逃离是对自我责任的推卸，对自我存在的否定和过度焦虑"③。在这个意义上说，社会身份与外界评论不能改变她们什么，她们不会为此就甘心自己形象与思想的平庸。作者并未让读者继续沉浸在这种绝望中，而是一定程度上带入了指向历史与未来的希望。随着工作调动，柳泉进到外事局上班，也穿上了梁倩送给她的绉纱连衣裙。她将自己打扮一番，形象焕然一新，对新工作、新生活也萌生了强烈的热情和向往④。她们都已步入中年，已然不像年轻时

① ［法］让-保罗·萨特：《存在与虚无》，陈宣良等译，北京：生活·读书·新知三联书店，1987，第708页。
② 刘军茹：《新时期小说的味觉书写：单向度主体建构》，《社会科学论坛》2018年第5期，第102页。
③ 刘军茹：《新时期小说的味觉书写：单向度主体建构》，《社会科学论坛》2018年第5期，第100页。
④ 张洁：《方舟》，《收获》1983年第2期。

那般光彩照人，年少时的孤傲心气、探索未知的精神也基本上消失殆尽，她们认为毫无保留地为爱情、为友情牺牲自己，就好比是一种有去无回的探险，她们都经历过这样的教训，好像在命运的旋涡中不断地丢失掉附着在自己身上的，与自己联系并不紧密的东西，最终沉淀下来的是坚实的内核①。沉淀的内核之一就是女性之间的姐妹情谊。当古希腊苏格拉底建造房屋时，被质疑房屋空间太小，然而苏格拉底认为，只要能容下真正的朋友就行了。在这里，苏格拉底指的仅仅是男性之间的友谊。事实上"到了19世纪和20世纪，那种认为友谊完全或者主要存在于男性之间的观点在很大程度上已经被推翻了。女性被认为比男性更体贴、更温柔、更有爱心，因此更适合做朋友。友谊本身被视为具有女性特质的亲密感情，尽管男性时不时地试图重建早期男人友谊的主导地位，但它已不再是英雄或公民间情谊的代名词"②。可以说，《方舟》中历经岁月沧桑的"花木兰"们由于形成了命运共同体，彼此相互间的情谊愈发坚定，对未来生活的期望有增无减。但是因为其自由理性并未完全觉醒，再加上传统观念的制约，她们在追求性别平等，反抗男性压迫的过程中，依然谈不上真正的洒脱、随性和自由。

再次，这一阶段文学创作中，男性和女性作家开始有了探索性别意识和社会身份的分野。在新时期初期，尽管男女两性均面临性别身份认同的问题，但男性借助传统男权文化规范及民族振兴意识形态重新确立主体地位，并在

---

① 张洁：《方舟》，《收获》1983年第2期。

② ［美］玛莉莲·亚隆、特蕾莎·多诺万·布朗：《闺蜜：女性情谊的历史·引言》，张宇等译，北京：社会科学文献出版社，2020。

文学世界里乘风破浪，找到了解决身份认同的路径。从 20
世纪 80 年代初期到中期，铁血好汉、热血青年、文坛文化
英雄、改革英雄等男子汉形象开始进入公众视野中，他们
在小说世界里运筹帷幄、声名鹊起。而在他们的身旁，则
是极具自我牺牲精神的女性，她们美丽善良，甘愿默默付
出，在凝望着男性的目光里，满满都是真诚和崇拜的光芒。
这种眼光促使男性地位得以加固，重振在历史或者现实中
的主体性地位。反观女性，她们在解决性别身份问题之路
上困难重重。虽然女性群体与男性一样，都在寻觅和确立
性别气质和自我主体身份，但是这个过程异常艰难又复杂。
基于性别视角的差异性，男女作家在理解和书写世界方面
出现明显分野，存在质的不同。换言之，这种分野并非只
体现在量层面上的差异。在新时期之初，不可否认的是女
性积极建构性别身份认同，为达成自我主体地位而努力，
然而从这个时期出现的"寻找男子汉"文学以及"女强人"
文学作品等来看，女作家在奋力书写悍女形象的同时，内
心也陷入了纠结又迷茫的状态。徐坤对此进行过深入剖析
并指出："基于女性视角的展现，使得她们的写作空前自由，
在文体上也得以舒展。这显然已经不再停留在传统意义层
面上，从女人视角来打量及分析自己，对自身身体欲望形
态等进行直接描述，对整个菲勒斯机制均带来重大挑战。"①
需要看到的是，人们所生活的社会属于历史整体。为此，从
男性视角来研究女性所持的世界观，以及对世界性别观的
实践不仅重要且极为有必要。不管叙述者处于什么样的位
置，抑或是当前社会形态如何发生变化，有一点不得不承认，

---

① 徐坤：《双调夜行船——九十年代的女性写作》，太原：山西教育出版社，1999，第 18 页。

即自始至终都存在男权意识的影响，表述性别意识特征也就成为必然。对于作者而言，其在创作过程中不论是否存在性别意识，对于作品蕴含的时代处境均无实质影响。通过品读作品可发现，女强人等悍女形象事实上在追求一种极致的性别美学。这种美学的反讽性体现服从于男性权力的女性气质的自我追求与约束。"作为一种创造性的排遣，抑或纯粹作为一种放松，女性气质的追求可以让人从中汲取极大的快乐；的确，沉溺于娱乐、艺术以及目光的追求，属于女性气质最大的欢乐。但主要的魅力（也是重点矛盾之处）却是女性气质那似乎希望在永无止境的斗争中生存或许取胜的竞争优势。世界总是偏向于对有女人味的女性微笑；它给予着微乎其微的礼遇和少而又少的优待。然而，对于一个以女性气质工作着的女人来说，她接受约束、限制自我见识、行事委婉含蓄、漫不经心，并且不像一个男人那样全身心地投入自己可证明是男性化的兴趣，这种竞争优势的性质充其量不过就是反讽性的。"[1] 她们追求自由与竞争，其生命体验以及理性感知具有了叙事的反讽性，阐释的独特性和强化性。

这一阶段悍女形象书写和性别意识特点之二是承接与转变，既承接了"十七年"小说的写作传统，又被赋予了新时期初期小说创作的特点。这一时期的悍女代表人物有莫言的《白鸥前导在春船》[2] 中的梨花、张贤亮的《灵与肉》[3] 中的秀芝等。

---

[1] Susan Brownmiller,Femininity,New York:Simon&Schuster,Linden Press,1984,p.15~16.

[2] 莫言：《白鸥前导在春船》，《小说创作》1984 年第 2 期。

[3] 张贤亮：《灵与肉》，《朔方》1980 年第 9 期。

在这个阶段，莫言、张贤亮等作家的小说创作承接延续了 20 世纪文学史中清新灵动的风格。小说中既能找到沈从文边城式自然纯爱的踪影，也和孙犁、汪曾祺的地域文化小说有相似之处，但是又多了一种乡土社会特有的苦涩感。这一时期莫言、张贤亮等作家以回忆中的诗意超越现实的苦难，对女性的辛苦劳作表现出同情与理解，塑造了具有美好品质的悍女形象。她们勤劳淳朴、独立热情、积极乐观、善于持家，具有强悍豪爽、茁壮顽强的生命力。

《白鸥前导在春船》《灵与肉》等小说中的梨花、秀芝被作家塑造成了有着强烈独立自主精神和性别意识的悍女形象。梨花、秀芝作为典型的农村女性，健康又勤劳，从她们的身上能反馈出赵树理以及孙犁等前辈们进行小说创作时留下的印记。除此之外，在小说创作中，还出现了当时性别政策压力与传统民间力量之间互相拉扯抗衡所形成的叙事张力。正如叶开所说的那样，"女性身上的美好特性，以及她们在传统社会中长期遭受的侵害，由此形成叙事内在张力之源泉"[1]。在小说中，面对身强力壮的大宝，梨花并未选择退缩，而是凭借自身的机智能干与其争斗到底，这能表现出作家的意识形态是极力拥护新时代男女平等观的，由衷赞美这群勤劳又充满智慧的女性。中华人民共和国成立为女性发展带来前所未有的机遇，这让她们得以站起来，力争做自身命运的掌控者，不再任人摆布[2]。

对于这个话题，作家们显然乐于触碰，并且积极创作这方面的题材，如莫言笔下的《白鸥前导在春船》。莫言

① 叶开：《莫言小说中的少女形象》，《南方文坛》2014 年第 5 期，第 123 页。

② 戴锦华：《涉渡之舟：新时期中国女性写作与女性文化》，北京：北京大学出版社，2007，第 1 页。

以 1949 年中华人民共和国成立为背景进行创作，在乡土世界里，妇女们开始了属于自己的新生活。梨花和大宝之间的较量从上学开始就存在。后来看到大宝辍学，老田也让女儿梨花退学；而在大包干时期，梨花凭借自己的勤劳挣下很多工分，且并未比大宝少。不过，在大宝父亲老梁的眼里，他认可梨花的能干，把自己儿子"不如人"归因于大包干政策；但在实施包产到户政策之后，老梁以为能远远甩开老田家。结果最终还是败给了开拖拉机的梨花。作家设置这些情节，能反映出作家对梨花等勤劳智慧女性的赞美和敬佩，以及对重男轻女思想、攀比风气的批判。面对国家推出的"男女都一样"政策，尽管普通农民接受的还不是非常圆融，但看到的是，农民们在领会上级政策精神的同时，内在思想也在发生变化——他们开始逐步接受并认识到儿子能干的事，女儿也能干这一现实。最终，大宝和梨花结合了，他们在朝夕相处过程中相互了解并产生爱情，最终这对年轻人从自由恋爱走向了自主婚姻。

作者通过梨花这个悍女形象的塑造，诠释了女性并不弱于男性的观点。由此可了解到，莫言对梨花们持由衷赞美的态度，极力支持男女平等政策，同时还展示人们在性别观念上曾存在的误区。一方面，尽管农村地区也逐步接受"男女都一样"，这种思想甚至深刻影响着农村经济体制模式，对于传统文化与体制构成了强有力的颠覆。但同时也否认了女性是独立的性别群体。在具体现实生活中，有很多"铁姑娘"以及"女汉子"等非常中干的女强人，她们用行动来诠释"女性顶半边天"并非只是一句口号，而是切切实实发生并存在的事实。作家在文学层面上进行的这些性别意识的表达，都是对坚强女性的由衷赞美。另一方面，重男轻女的封建思想根深蒂固，在当时的广大农村，很多人都存在着这种思想。但因为担心被他人批判思想觉悟过低而不敢承认。随着"男女都一样"观念传播范围不断扩大，这种口号式的政治宣传对真正实现男女平等起到重大推动作用，把两性间存在的文化对立以及鸿沟遮挡住，使得性别文化差异被抹杀，由此出现文学与社会现实之间的不对等匹配的矛盾现象。这就意味着男性规范不再是绝对规范的代名词，女性也有足够的能力顶起半边天，这是冲破女性传统规范之体现，也是在和男性规范进行暗暗较量。事实上，这种较量在一定程度上隐藏着性别歧视的理念，容易在男性规范的主导下转化为政治话语权。对此，戴锦华曾指出："在妇女解放运动中，促使女性精神性别得以解放，以及肉体奴役得以消除，同时也把'女性'转变为一种子虚乌有。"[1] 这种社会现象频频出现在小说中，在当时农村也屡见不鲜。农田里随处可见能干的女性，她们从事的农活和男性并未存在差异。不过在小说的空间叙事之中，莫言有意识地在两性之间进行力量比较和区分，如描写小说人物在农田公共空间中从事农业劳动时，单单从力量上来说，梨花处于相对弱势的地位，同时还描写梨花热爱美、追求美——她在起猪圈时，竟然穿上新衣服，"铁娘子"梨花也存在"女为悦己者容"（《战国策·赵策一》）的心态。而这种心态隐含着性别歧视的观念，即"女人必须等待男人的承认；女人不承认女人"[2]。对于莫言来说也存

---

[1] 戴锦华：《涉渡之舟：新时期中国女性写作与女性文化》，北京：北京大学出版社，2007，第5页。

[2] 路文彬：《爱情幻象下的女性本质疏离——女权主义文学新论》，《中国文学研究》2016年第3期，第103页。

在这种纠结，或者说是困惑。在现实生活中，或多或少还存在重男轻女思想。倘若男女能完全一样，那么在老梁和老田之间，自然也就没有这种较量，或者是没有进行较量的需要。梨花的母亲，也因为没能多生几个孩子，尤其是没能为男人生儿子自责，认为自己对不起男人，这是她一辈子的心病①。"没儿子"这件事让老田无法硬气起来，同时也是他老伴的心病。小说这里的情节描述所能说明的是，尽管新中国成立已经有一段时间，男女平等思想宣传工作也较为全面，但还是无法完全去除重男轻女的思想。很多时候，人们只是担心被他人笑话觉悟低，才把想生儿子的想法闷在自己心里，并非只有万千女性存在这种思想，处于男权核心地位的男性也存在这种思想。可见受到男权思想影响和束缚的，不只是女性，男性也深受其害。

莫言在他创作的小说中，为弱者联盟取得胜利设想途径，如女儿和母亲联合起来，使得一家之主的父亲不敢轻举妄动。女儿凭借自身强大提升在家庭里的话语权，同时还帮助上一代女性掌握一定话语权。与理性启蒙的方式相比，"母凭女贵"和女性同盟关系的真正结成，为她们注入了反抗压迫的底气，让她们拥有了喘息的机会，让她们在精神上主动走向自由、走向独立。这正是莫言经由自己亲身经历的农村生活所总结出来的朴素的家庭关系以及女性的解放、女性走向独立自由有关的经验。莫言通过文学创作的形式将自己所观察的、所思考的乡村女性问题呈现出来。需要指出的是，争取两性平等，提高妇女的地位，

---

① 莫言：《白狗秋千架》，北京：作家出版社，2012，第32页。

作者并未指向男性陈旧思想的改变，更多地是希望女性自身保持自尊与独立。

这一阶段悍女形象书写和性别意识特点之三是演变与困惑。

有关悍女形象书写与性别意识在伴随着时代演进发展的同时，展现出不同于以往作家的思考和困惑。小说中乡村女性的描述和历史时代特征紧密相关。由于受到国家社会经济政策的指引，曾经一度被侮辱和被损害的女性开启了寻找外界与逃离园圃的探索模式。这种模式的转变，既是为了帮助这些妇女真正地实现生存权，同时也揭示出在政策面前，普通人内心所存在的 "都一样"和"不一样"简单又矛盾的困惑。

不仅如此，此类困惑又和男性寄予给女性期待之间存在不协调的地方。男性一方面想要表现出自己具有较高的觉悟，希望并许可女性独当一面、独立自主；另一方面男性又一如既往地期望女性继续保持传统温顺的女性品质。不少男性作家就在自己的小说中显现出了男性所持有的上述期待，传统期望被他们不自觉地用来品评小说中的女性。此外，这个时期的女作家在这个问题上的普遍表现，是对自身的性别问题进行回避，从而对性别立场予以否认。探查女作家们在这个问题上的姿态，可以发现这和中国女性在历史中长期所处的社会语境密切相关。改革开放对国人的思想予以了启蒙，但是时间还不够久远。与性别命运、民族责任相比，全体人类的命运以及整个社会的责任一直是被视作"大世界"的存在，"大世界"更被人们所看重、所推崇；对应的女性自己的情感生活就被视作是"小世界"，要么被忽视，要么被蔑视。故而女性之所以拒绝以自己的性别身份为前提展开创作，不应该被视作拒绝自己的"女性立场"，而应被视作否定了女性长期所处的"第二性"的社会地位①。

因此，正是在这个意义上，这个时期的女作家们由于刚刚走出男性审美标准来界定女性特点的"文革"时期，冷静地对待西方思潮中的"女权主义"，平静地倾听其为女性命运作出的呐喊，这实则可以视为女性所采取的或者说是所选择的一种写作策略。这种策略不只是和女性一起共同反抗来自"无性化"时代对女性话语权的压抑，同时也期望女性写作能够为整个社会所接纳，而不是被男权话语主导下的社会误解。

恰是在这个演变与困惑过程中，新时期初期悍女形象书写面对"无性化"的时代背景，借力不同空间叙事中隐含的性别意识，所书写的悍女形象才得以在性别权力话语的压制下进行积极反抗和探索，借此不断地消除男权话语主导下社会对悍女形象的误解，具有起承转合的叙事特征。

---

① 戴锦华：《涉渡之舟：新时期中国女性写作与女性文化》，北京：北京大学出版社，2007，第38页。

第二节　1984—1993：
自由精神的追求与审视

　　这个阶段悍女形象的书写特点是对于自由精神的追求与审视。在 1980 年代中期开始，小说作家进行传统观念叙事的同时，也进行着传统性别文化的思考与反拨。不同作家可能从不同角度上切入传统文化之中，不过每个人都基于自我的体验、根据所想象出来的文化，寻求到了自己所亲近、所认同的部分，最终都期望能够寻找到写作的新起点，超越过往的文学作品。的确，作家们可以借助自己所掌握的文化话语权、所塑造的文学形象，对主流政治话语进行反驳，并求得创作理念的转向甚至彻底转型，体现自己在性别关系方面所作的思考、对伦理问题的审视、对民族命运寄予的关切。具体的实践活动表现为揭示和描写传统多元、多样态的性别意识和性别理念。

　　从创作角度来看，作家的创作实质上具有以自我情感对社会生活进行有效同化的能力。"同化"也就是将听之、见之、闻之的事情演绎为自身经历之事情，可以将想象的当作真实进行撰写，是一种来源于生活又超越生活的文学想象力。正是因为作家具备了这种能力，才得以将传统思维与中国新时期小说的现代性、外来思想等进行整合，所以这个阶段的小说在创作效果上，并未受到取材范围的限制，其体验和描述的视点没有被小说作者的创作立场窄化。茅盾曾经就20世纪40年代"国统区"作家的创作作出批评：虽然以农民的生活为取材背景，而描写无不浅尝辄止，没能写到内在的核心之中，仅仅只是基于回忆进行了静态的考察，来自现实斗争的视角观察、分析、描写农民[①]。

以这一阶段的莫言小说为例，他的小说可以说深入农村现实的核心中，以亲历者的感知去看农民，他的立场、观点、情感体验证明自己是农民生活中普通的一员。无论是写人还是叙事，莫言无不以农民的判断、农民的感觉作为基础。所以，莫言小说对于悍女形象的书写与性别观念，不仅仅是男权思想无意识地流露，也有根植于这种现实状况的、有性别意识的自觉考虑和反省。

不仅如此，莫言等人小说中悍女形象书写与性别意识的探讨离不开对作家创作心理和创作视角的追索。地域文化氛围、地理空间以及独特的个人经历等因素，关涉到作家创作心理和视角的形成，也规定着作者对悍女形象的书写。莫言等人"作为老百姓写作"的立场，摒弃了知识分子的启蒙式写作，坚持民间思维，不仅写出了空间环境对塑造人物形象的巨大作用，而且为在现代文明语境中需被改造、被启蒙的"民间"确立了存在的合理性，其中包含着对现代性的性别伦理与社会伦理的反思。但是问题和局限性在于，他作为男性创作主体在叙述悍女形象的相关情

---

① 洪子诚：《中国当代文学史》，北京：北京大学出版社，1999，第 92~100 页。

节时，为性别所阻隔，有意无意都在按照男性的思维模式进行叙述，抑或是受自身意识形态所束缚，不能真正考虑到女性生存的状态。他的这种写作思维，与撰史者的政治理念有一定的相通性。撰史者以政治意识形态标准选取事件、对事件进行解释评价时，修撰所具备的转义、推论、虚构特性被全方位地揭露出来①。

这个阶段的特点之二是新传统女性的反抗与觉醒。正如前文第一章所述，在反抗与觉醒意义上，相比近现代及"十七年"小说，新时期以来小说中的悍女形象有了本质性的突破，也有了更明确的自由权利主张。在这个阶段，新传统女性的表现比较突出。

首先笔者对传统女性和女性传统进行辨析。所谓传统女性，指的是与新兴女性相比较区别的、从道德伦理上都遵从社会传统的女性。所谓女性传统，指的是作为女性具有的一系列传统意义上的特点，如服从、信赖感等，主要是指儒家文化为女性设计的、同时又是在漫长的历史实践中逐渐形成的符合女性社会角色的一整套关于身体、行为、思想的复杂而立体的系统。这种流传甚久影响甚大的性别观念，弥漫在漫长的封建政治、经济和文化制度中，通过一套特定的文化编码（从表面的形体特征、发饰服装风格、行为模式到深层的习俗、宗教、语言文学和艺术的生产模式等）的确认和再生产，形成属于女性这个特定群体的行为规范②。在女性不得不依赖于男性生存的传统环境中，这一规范既是男性褒贬、选择女性的准绳，也形成了每个女

---

① 陈厚诚、王宁：《西方当代文学在中国》，天津：百花文艺出版社，2000，第487页。

② 谭梅：《性别文化与现代中国男作家叙事中的女性书写》，广州：羊城晚报出版社，2017，第13页。

性内心自评、他评的机制。温柔、无我、牺牲、顺从等特征成为男性称颂的女性人格。女性不仅从身体外形上去迎合男性的趣味，更在精神层面不断服从，进而从根本上摧毁了人之为人应有的健康人格。"女人难为女人"这一女性间的竞争现象便植根于这一文化心理。传统女性与女性传统这两者之间既有区别又有联系。两者联系是，它们围绕的主体都是女性，都是关于女性的概念和定义，经常被用到描写和塑造女性形象的小说文本分析范畴，是重要的概念。区别在于，两者的侧重点不一样。传统女性侧重与非传统女性相比的女性类型，而女性传统侧重女性贤良淑德等传统特质。由于受到生存环境的限制，传统女性关注点始终未能脱离家庭、子嗣，个体欲望的张扬更像是原始生命力的勃发，生存是第一要义。也正是基于求生存这一合理性的人之欲望，这个阶段的作家对身处其中的新传统女性给予了最大限度的谅解。她们在传统宗族、道德标准这一圆点周围散落地存在，以其迸发出的强大生命力为半径绘制人生的圆圈。在塑造传统女性人物形象时，传统性别和道德标准一直是作家们所参照的甚至完全遵照的性别意识。她们散落于这一"圆中圆"，形成女性群像不同的层次，并作为小说中独特的人物景观，丰富了作家的创作境界。

随着时代变迁，传统女性不再具备上述纯粹的传统特点，而是有了现代文明启蒙后的一些渗透。尤其是到了新时期以来，小说中所体现的女性传统也不再局限于女性，而是有了性别界限跨越和叙事空间拓展，同时也影响着传统女性的社会判断，新传统女性也就出现了。和之前的传统女性的外在区别在于其生活的时期和活动场域，内在的区别则表现为其对家庭、子嗣、个体欲望的重视程度的差异。新传统女性在一定程度上脱离了社会给传统女性划定的轨道——也就是说，新传统女性既保留了传统女性的部分特征，又具有新时代女性的特点，反映出这一时期作家的性别意识和创作理念，是新时期以来小说中悍女形象发展历史的一个重要阶段。

如莫言在创作中塑造出来的戴凤莲（《红高粱家族》）、上官鲁氏及八姐妹（《丰乳肥臀》）、林岚（《红树林》）、杨玉珍（《四十一炮》）等新传统女性形象，性格千差万别，不过深入探查依然不难找到她们之间的共性。这些共性的实质为创作过程中，作家自身的性别观和作家孕育到她们身上的自我理想。这些人物形象迸发出了人类野性的生命力量，不但强悍而且旺盛，让人为之赞叹。同时她们也对中华民族传统女性的诸多美好品质予以了继承，比如甘于奉献、勤劳持家、有母性光辉。不论作品中的人物在多大的程度上背离了这一标准，只要她们依然属于这一范围，那么作家们在写作中都寄予了理解与同情。相反，一旦女性跳出了这一范围，接受了现代教育，拥有了社会权力、地位以及经济基础，甚至反抗固有的男性权力压制，她们就会被区别对待，被置于批判的境地。

在象征着传统势力的"圆圈"之外的新传统女性，与传统女性形象既有联系又有区别。这类女性群体更为强悍而独立，不再受困于家庭和子嗣，而是在公共领域取得一席之地，人生有更多选择的同时也伴随着更多享受性的诱惑，她们的困惑在于个体欲望怎样是合理的。在这个阶段的小说中，这类悍女形象是利己主义、享乐主义、拜金主义、功利主义等一系列现代病症的代表，个体欲望的膨胀与作为女性的责任处于失衡的状态，在性的问题上这一点格外突出。如莫言性别观念的保守倾向，使他在塑造新传统女性时流露出善意又矛盾的性别歧视主义①，男性中心思维在想象新传统女性的性心理方面尤为明显。完全剥离于传统道德价值观的悍女形象，作为莫言质疑和反思现代性的符号，在他有意做出重建道德的努力中，比同时期的男性作家承载了更多的批判内涵。

笔者认为，对这一阶段的小说中悍女形象书写及性别意识进行探求，不仅应进行异性别作家及人物形象间的对比，还要进行同性别作家及人物形象间的比较。就男性作家来说，不论小说作家和作品人物形象的性别是男性还是女性，由于他们在小说中所承载的文本使命和生命价值，都无法摆脱与家族、子嗣、欲望等相关性别观念的紧密联系。其中，"种的退化"在莫言、方方等小说书写中体现得尤为明显，男性主体在精神和身体上的双重衰退，夹杂着父权文化在社会中主体地位的日渐消减，女性崇拜尤以母性崇拜、孕育崇拜越发凸显。种的退化存在优生学之背景，经由写作，作者表达出男性应该肩负起教养后代的重大职责，如若不然就需要为种的退化担负对应的责任，对父权的批判甚于男权；而母性崇拜并未将优生学中的选择贯彻下去，只是将生殖、将母性视作本能，女性甚至能将自己所担负的生殖职能和个体的情欲彻底地分离开来②。家庭内，男女分工、各自肩负的职责和思想意识互为纠缠，越发复杂化了"家

---

① ［美］玛丽·克劳福德、罗达·昂格尔：《妇女与性别——一本女性主义心理学著作》，许敏敏、宋婧、李岩译，北京：中华书局，2009，第113页。

② ［法］西蒙娜·德·波伏瓦：《第二性Ⅱ》，郑克鲁译，上海：上海译文出版社，2011，第213页。

务事"。当小说人物出现性别困扰时，作家则穿插切换到儿童的视角，借助儿童之善变和善感来消解性别启蒙，呼应了对现代性的思考。

总体上看，莫言、张贤亮等作家在这一阶段塑造的新传统女性人物极具颠覆意义，她们以异军突起的强悍之姿参与到小说叙事过程中，在空间叙事中体现了对现实的批判、讽喻，众声喧哗的叙述方式，构成这一阶段小说独特的世界。

这个阶段的特点之三是女性传统身份的变迁。20世纪80年代中期以后，随着改革开放不断深入，中国社会在政治、经济、文化等领域都步入了转型期。乔以钢在《中国当代女性文学的文化探析》中试图突破性别分析视角，从多元文化视野发现女性文学形象流向的多重空间，辨析女性经验的民族国家阶级多元经验糅合。以图寻找某种共性言说的可能性，为当代中国文学丰富而持续发展的现象做另一种阐述[①]。饶有意味的是，经由家庭空间与公共空间共同价值的认同和建构，女性个体化生存经验叙事与民族国家阶级经验的叙事产生了糅合与契合。一方面，女性性别立场的历史价值和延伸，使得悍女形象作为被贴上世俗偏见标签的一种形象，承载着很多重的精神和社会文化负担。另一方面，悍女形象作为性别伦理与社会伦理关系的镜像，作为"他者"的刻板形象之一，现实语境中悍女形象接受到的社会称呼及其自身的性别身份处境，一直随时代发生着变迁和更迭，从"铁姑娘"到"泼妇"再到"女强人""铁娘子""男人婆""女汉子"，小说中悍女形象的社会身

---

① 乔以钢：《中国当代女性文学的文化探析》，北京：北京大学出版社，2006。

份，也逐步由农村妇女向其他身份所拓展，比如小市民、知识分子，乃至是商界精英、政界领导等，对应的活动范围当然也就从原来的家庭、村落扩展到城市乃至整个社会。可以说，这一时期的小说作者对悍女形象的书写，是全面而广泛的，展现了现代化进程中各个阶层女性的命运。

与"十七年"小说《"锻炼锻炼"》等作品相比，在1984—1993年的这个阶段，随着小说写作时代背景和作家创作理念等变迁分化，《方舟》《银河》《北极光》等小说中的悍女形象书写与性别意识发生了同频变道和演进，通过贴近人们的日常生活空间叙事和伦理思辨探讨，改变了当时人们对之前小说尤其是"十七年"小说中以政治性的宏大叙事为主的刻板印象，这种改变实质上起步并形成于文学内部、来自文学自身。在文学理论的改变表现在于借鉴并运用西方后现代主义理论、女性主义理论，福柯关于权力、知识与话语以及巴赫金关于"非官方意识"等理论。在小说创作视野和选材方面，从独有公共空间过渡到家庭空间与公共空间并举，将这些空间中出现的悍女形象作为写作对象；在小说叙述角度方面，从悍女形象自身的社会活动描写，或者通过小说男性视角审视悍女形象的日常生活与内在心理；在小说话语风格方面，文本话语比较尖锐，批判女性受到的男性中心视角和权力的压迫。在创作心理方面，悍女形象的塑造和解读倾向于两性对立、非此即彼。

总体上说，1984—1993年的这个阶段，小说作者不再回避自身的性别，也不再回避悍女形象书写过程中的性别意识和道德评价，性别战争愈来愈成为其宏大叙事与民族语言的切入点，不时流露在小说字里行间的叙述中。与此同时，游走于家庭空间与公共空间的悍女形象慢慢地形于笔端。事实上，在 20 世纪 80 年代初期，文学作品就对女性的家庭身份与作用进行了思考，如针对知识女性所担负的家庭与社会角色之冲突进行了描述和抒情。到了 20 世纪 80 年代，这一文学思考继续深入社会价值层面，认为家庭不仅关系到女性在实际生活之中的幸福程度，而且不应成为束缚女性确立和实现社会价值和社会身份的理由。如果说新时期初期作品的性别意识更多的是作者两性思维无意识流露，那么在 20 世纪 80 年代中期至 90 年代初期的作品，对悍女形象的书写与性别观念就更加自觉和明确，有了更广泛更深层的叙述与思虑。

第三节　1994—2000：
女性意识的蜕变与重生

随着改革开放的不断深入推进，1994—2000 年进入了悍女形象书写与性别意识的蜕变重生期。

这个阶段的特点之一是从性别战争到两性和解。与池莉《云破处》（1997 年），《小姐，你早》（1998 年）中所持有的对男人敌视仇恨的态度不同，《生活秀》（2001 年）中事业有成、风情万种的来双扬开始追求日常生活中两性的宽容、和解与妥协。方方《在我的开始是我的结束》《奔跑的火光》的性别姿态逐渐松弛缓和，特别是家庭之于知识女性生活的复杂意义被重新思考。以上这些作品虽然其中不乏对男性欲望想象的满足，但是女性已经不再试图在一个男女对立模式中实现自身的价值。诚如陈染在新世纪初接受的采访所言："随着阅历的增长，我已经慢慢地把过去很多锋芒的东西内敛起来。我的从前是一副'反骨'，但是由于阅历的增长我就能把这些东西掩埋得比较深。生活是需要不断'妥协'的，需要用一种达观的、幽默的态度来消解。"[1]

---

① 林宋瑜：《在纸页间穿行——文学评论与编辑札记自选集》，广州：花城出版社，2020，第 305 页。

《生活秀》中，女主人公来双扬有着市井女性生存所需要具备的所有优势。得益于所具备的母性，她在生活中坚强不屈、家庭责任感强烈。仅仅 16 岁即肩负起养家重任，所以她面对生活的重压是仁慈而又宽容的。有了这种心态，当一手抚养成人的妹妹向她公然发起挑衅时，来双扬也能一笑了之。在吃她奶长大的侄儿面前更是竭尽所能供养孩子所需。另外，来双扬还有一张巧嘴，所以生意一直颇佳。她深谙说话之道，所以能成功说服九妹嫁给张所长家的花痴儿子，还能说服爸爸让她继承房产。同时，来双扬还有极招男人喜欢的独有风韵。也正如此，她的生意长期兴隆，整个吉庆街的商户都对她钦慕不已。也正因此卓雄洲这名富豪在两年多的时间里一直来买她的鸭颈，甚至可以说来双扬是靠着征服男人实现了征服世界的梦想。来双扬同时是果断而又善变的。只要能实现目的，其他在所不惜。所以面临生活绝境时，她自强自立勇敢地卖起油炸臭干，成为吉庆街乃至汉口第一个无证摊贩。得益于刚柔相济和机灵善变，她既会暴风骤雨般将人打倒，也会以泼治泼地将人制服。在有求于她的亲人面前，她以柔应变，或主动赔礼致歉，或以情理对之。为了获得房子产权，她说服九妹讨好张所长，虽然利用了双方，但双方却均感她的恩。来双扬借助自身所具有的独特女性优势，在生活这片大海中自由欢悦地游来游去。她借助于这些性别优势，借助于社会提供的诸多条件和便利，在生活上越发滋润，在事业上越发有干劲。在小说中，女性强劲攀登，而男性渐趋衰退，"阴盛阳衰"，然而两性相处时崇尚和平主张合作，憎恶争斗排斥武力。于是，在这样的文学与现实背景下，女性天生就有关怀和保护的特性，为她们的生存发展提供了更好的条件；而男性的暴力和斗争性则无用武之地。

方方的《在我的开始是我的结束》的作品之名就极具宿命性。作者通过对黄苏子等知识女性形象的塑造，描写出 20 世纪末中国社会转型给家庭、给民众造成的冲击，特别是在思想层面上对敏感知识分子带来的冲击。小说通过叙述黄苏子的遭遇以及走向男性化的过程，揭示了人类的美丑善恶，揭示了社会的光明和黑暗，也洞见了人性、体察了生命。《奔跑的火光》里的英芝，在作品开始的时候，她的形象并没有明显的悍女特征。英芝虽然生在乡村，不过并不蒙昧，她不但上过高中，而且是父母的掌上明珠；不但长相漂亮，还有本事自己赚钱，但是未婚先孕之后嫁于贵清。在此之后，所有的一切都发生了改变，她不能理解男人为什么和女人不同，她深陷父权制的囚牢中，时刻感受着自己与贵清两者被公婆、被乡亲区别对待。对于贵清嫖娼被抓，婆婆反怪英芝未伺候好丈夫，并表示以前的男人都有三妻四妾。现在到了新社会，男人拈花惹草也是正常的[①]。对于英芝追究婚外恋的行为，婆婆教唆贵清打她；贵清好吃懒做，可是婆婆的态度是男人是一家之主，要求英芝将她自己辛苦挣来的钱都交给丈夫掌管[②]。当盖房梦走向破灭，在无法退忍的情形下，英芝进行了惨烈而疯狂的抗争，选择用火点了贵清。然而由于英芝在女性意识上不够成熟理性，她的选择并不是最终也不是最恰当的结局。

---

① 方方：《奔跑的火光》，天津：百花文艺出版社，2003，第 253 页。

② 方方：《奔跑的火光》，天津：百花文艺出版社，2003，第 249 页。

有学者认为：成熟理性的女性意识是科学而且客观的，在这样意识指导下的女性自尊自强、冷静内敛，能够让主观意识和客观现实在和谐中实现统一；不但能正确认识自我，也可以密切关注社会，不但具备勇气，而且具有智慧。在现代社会，女性意识早已不再仅仅是自醒自警的抽象概念，相反是深深地、自然地成为女性意识之中的一部分，化身到女性心智之中，指导女性评判客观现实，开展社会活动，流露于女性的一言一行之中[①]。女性一旦在意识上走向成熟和理性，在精神上也就真正实现了自我的独立，即使身处男性权力社会中，也才能在家庭、爱情等各个方面对自身之境遇进行一定的改善。就女性而言，须能意识到自身并非是依附于男性的附属品，同时也没有必要过于强调两性之间的对立，诸如一定要体现女性权威，并把男性置于这种权威之下。事实上构建和谐的两性相处模式更为理想，这是两性权利平等的体现，彼此之间相互尊重。只有这样，才能真正看到两性之间存在的差异，如在社会分工方面存在的差异，以及在心理结构上存在的差异，这些差异实际上客观存在。女性所持的婚恋观念，并非只是女性个体所持的一种生活观念，事实上同时也是社会文化心理积淀之体现。女性长期在情感上处于边缘位置，这不仅仅是女性自身意识发展方面的问题，同时还是社会长期面临且亟待解决的问题。

这个阶段的特点之二是从性别结构到身份认同。这一时期的男性作家和女性作家，在创作意识、写作策略和性别意识等方面都出现了较大的异同。男性作家如莫言，以

---

① 邓利：《新时期女性主义文学批评的发展轨迹》，北京：中国社会科学出版社，2007，第116页。

自身经验写出了官金童与母亲上官鲁氏等几组不同的母子关系，还书写了女性之间的关系，比如母女关系、姐妹关系、情敌关系等。在这些女性与女性的关系中，几乎无一例外地呈现"开撕"的泼辣与嘈杂。在这样的混乱中，曾经的温良恭俭荡然无存，女性的含蓄美也几乎不再出现，取而代之的是个体对生存权利、爱情强势的追求，对伦理关系的越界。事实上，男性作者在其创作的作品中，故意渲染女性关系混乱，以及着重凸显阳物的伟大，这实际上是20世纪90年代男性作家内心出现失落感的体现，他们希望通过这种方式来掩盖内心的深深失落感。

和男性作家不同的是，这个时期的女性作家在进行文学作品创作时，从女性身体视角来进行阐述，她们通过这种方式把女性的美好形象展示出来，而非从男性审美角度来描述女性形象。

林白非常关注女性的内心世界和自我意识。对此陈晓明曾指出，"林白关注女性自我认同可以说无人能比，她总是把女性之间相互的那种吸引和欣赏淋漓尽致体现出来"[1]。林白指出她所做的这种文学表现尝试和探索，需要付出"真实与深刻的代价"："我的一个最大爱好之一，就是美化女人，我总是喜欢把她们描绘成气质好的人，我从来没有丑化过女人，这对于我而言，需为此付出真实与深刻代价，这是一种双重代价。"[2]

林白在其创作的小说《一个人的战争》中，大胆展露女性的生理以及心理成长史，同时还把女性的隐秘世界呈

---

① 陈晓明：《致命的飞翔一跛：记忆与幻想的极限》，武汉：长江文艺出版社，2001，第358页。

② 徐坤：《双调夜行船——九十年代的女性写作》，太原：山西教育出版社，1999，第62页。

现出来，她的这部作品也因此备受关注和好评。在小说的开始部分，林白就描述了童年的林多米在封闭的蚊帐中，通过自慰满足自己对身体的认知渴望。在当时 20 世纪 90 年代的中国，这样大胆的写作透露出深刻的象征意味和强烈的反抗意识。透明的蚊帐、黑暗的环境展现了女性身体欲望暴露与躲避的双重诉求。林白通过人物形象塑造和内心世界的勾勒，使得多米从禁忌的快感中体验到对自己身体的认知。虽然在多米的成长过程中身体的欲望一直处于被外界压抑和隔离的状态，但通过身体这一介质的诉求，多米渐渐获得了内心欲望的满足和身份的认同感，同时也确定了她未来在生理方面的走向。而她这种对外界诱惑的抗拒，致使她被男人对象化和标签化。多米在三岁时就丧父，自小就不会撒娇，在她八岁的那年，甚至保护过与她同龄的男孩。她以他者的眼光，陶醉于其他女性的特质，这种陶醉来自内心的爱的缺失。她欣赏北诺、姚琼，对南丹也非常着迷。由于获得这些女性的友谊之光，向来生活在幽闭环境中的多米变得柔和多情而富有光彩。在插队的那段岁月是她生命中最耀眼的一段时光。上大学之后，她爱上了险境丛生的独身旅行生活。然而在一次旅行中，她的少女生涯被终结，夺走她初夜的是一个已有家室的英俊船员。对于她来说不幸的是，这个初夜并未给她带来美好，而是像一道阴影笼罩了她之后的人生。她在三十岁那年经历了一场"傻瓜爱情"，这场爱情让她伤心欲绝。那个曾经发誓永远不结婚的男人，最终却跪在另外一个女人的面前，只为向那个女人求婚。最终她的内心平静了下来。在历经了多次身体和爱情的折磨，林多米满身伤痕，也获得了生命的蜕变重生。选择逃跑是她唯一的出路。尽管逃跑之路注定不平坦，且孤单无助，但她没有其他选择。为了给自己找到所谓辉煌的逃离之地，她最后选择嫁给北京的一个老头，选择返回女性的心灵家园。诚如林白在小说开篇所写的："一个人的战争意味着一个女人自己嫁给自己。"①多米一次一次地选择依附这些"坏"男人，渴求从两性关系的相处中排解欲望的孤独，也更真实地找寻自己的身体和内在渴求。在与不同男性的相处过程中，多米逐渐获得对女性自我个体的认知和清醒的反抗意识。女性只有回归自己的身体，才能感受到作为一个独立个体的存在，寻找到自由的空间。

这个阶段的特点之三是灵与肉的伦理冲突。在这一时期的小说中，如莫言小说《丰乳肥臀》中对上官鲁氏求子过程中出现的性暴力描写，还有孙媚娘与钱丁之间的出轨偷情等场景，一方面作者通过这些描写把传统眼光中女性所背负的贞女烈妇的牌坊打碎在地，将女性的性排斥和性压抑心理释放出来，女性开始有了突破生理桎梏的主体意识；另一方面，作者预设的女性形象，由于受到男性霸权思想的影响，这些形象受到情感压迫而对异性的肉体产生了渴望，被男性的阳刚之气吸引而产生爱慕之情，女性居于被男性启蒙和拯救的位置。而这种叙事理念进一步加剧男女地位不平等问题，因此出现了灵与肉的伦理冲突。钱丁和孙媚娘并不是在相处过程中逐渐两情相悦，而只是属于顺应天性的导向性结合。当陌生的激情出现在她的生活中，孙媚娘事实上并没有做好任何心理准备。身为高密知县的

---

① 林白：《一个人的战争》，沈阳：春风文艺出版社，2006，第 1 页。

钱丁英俊潇洒、举止儒雅又能文会武，使得孙媚娘很快就束手就擒，但她的内心在激烈挣扎着。在这一阶段小说中有关性爱的描写，虽然展现了男女两性旺盛的生命欲望，然而作家对于男性掌握绝对优势和强烈自信，也仅仅是出于视觉理性上的预设——当男性用眼睛找寻女性给予他们的爱和关怀时，这种基于男性视觉中心主义的创作理念预设，从侧面暗示着男性的自恋心理和幻觉，意味着男性是自恋的而非自爱的。"在幻觉的世界里，一切现实都改变了自己的位置并相互混淆，都被歪曲，存在的结构被破坏，一切都成了被各种欲望所控制的自我中心主义的存在物。"①正如路文彬指出的，凝视自己在水中倒影的"纳喀索斯爱的实质只能属于低级欲望的诉求，它明显带有堕落的特征。这样的爱不会使其升华，只会促其毁灭，而且如此欲望最终是无法被满足的。换言之，自恋是一种不可能实现的爱，爱的给予和圆满本质在自恋情境中遭到了遏抑。爱在自恋情境中的命运是衰萎和枯竭"②。在这里，"自恋把我们与我们自己的创造源泉切断"③，而且自恋"不导向自爱，它只会导向自怜，自怜即是向外寻求爱的自我心理暗示"④。于是一方面，创造力的消退和失去使得男人们无法再借助爱来获得生机，结果只能在寻求被爱之路上不断挤压着自己的精神空间，愈发被挤抑为一种弱小无力的人格。另外一方面，描写表达性爱关系时，作者侧重表现男性过剩的

① ［俄］别尔嘉耶夫：《论人的使命》，张百春译，上海：学林出版社，2000，第239页。

② 路文彬：《纳喀索斯的凝视与厄科的召唤——中西视听文化差异初探》，《枣庄学院学报》2018年第35卷第1期，第3页。

③ ［澳］赛明顿：《自恋：一种新理论》，吴艳茹译，北京：中国轻工业出版社，2016，第149页。

④ 路文彬：《中国当代文学自我意识的伦理嬗变》，《东方论坛》2021年第1期，第55页。

阳刚之气，试图通过暴力和霸权思想征服女性，它的本质依然是传统的性别压迫模式和视觉中心主义，同时将男性权力提升到了进攻和占有的程度，未将女性的感受和心理体验纳入审度和倾听的范围。反观女性，由被理性启蒙的对象，渐渐成长为反抗暴力和强权的主体，其灵与肉的伦理冲突意识也在增强。事实上，暴力与权力的关系非此即彼，不能共存。对此阿伦特指出：暴力出现的地方，权力便已经消失了。好的权力是管理与引导，坏的权力则沦为暴力①。阿伦特在其《论暴力》一文中通过国家政治视角深刻地分析了这两者的区别与联系："权力和暴力之间最明显的一个区别是，权力总是需要人数，而暴力到了某种程度甚至无须人数也能施行，因为它依赖的是工具。"②两者的关系在于，"权力和暴力是对立物，一方占据绝对统治地位，另一方就会缺席，权力出现危机之处，暴力就出现了，暴力能够摧毁权力，它根本不能产生权力"③。基于此，作为女性的孙媚娘、上官鲁氏感受并延续着母亲曾经的感受。她们一方面是作家表达全新理性思想、阐明男性立场观念和评估民族文化性格的性别之镜，另一方面在暴力对抗与和平交锋的冲突中，唤起反抗意识的重生和觉醒。

这一阶段的女性作家对于悍女形象的书写和身体呈现也有了突破。陈染在小说中创作各类年轻女性角色，这些女性角色并不符合男性的传统审美，没有丰满而性感的身材，消瘦干瘪的身材或柔弱的个性，男性不会为她们报以"情

---

① ［美］汉娜·阿伦特：《共和的危机》，郑辟瑞译，上海：上海人民出版社，2013，第 136～137 页。

② ［美］汉娜·阿伦特：《共和的危机》，郑辟瑞译，上海：上海人民出版社，2013，第 80 页、131 页。

③ ［美］汉娜·阿伦特：《共和的危机》，郑辟瑞译，上海：上海人民出版社，2013，第 80 页、131 页。

欲般迷恋的掌声"。虽然这些女性的外部特点遭到刻意弱化，然而这些形象对自己的身体都很迷恋。陈染在《超性别意识与我的创作》一文中指出："格勒瑞治曾说：'杰出的大脑是雌雄参半的。这句话包含两种含义，作家在创作作品时要将男性力量和女性力量进行完美的精神融合，才能挥洒自如毫无影响地表达完整的思想和情感。除此之外，具备健全人格和杰出能力的人，会采用超脱性别的角度看待评价他人的本质和内涵。受到天性影响，会自然而然地欣赏和崇拜一个人。若是单纯地将一个人定义为女性或男性，这种想法过于肤浅。'而这一观点也被融入伍尔夫的作品中——《一间自己的屋子》。"[①] 陈染的《无处告别》就刻画了一个形象鲜明的女性角色——黛二小姐，她超脱于世俗，时常感到孤独，希望回归内心世界。天性洒脱、向往自由，潜意识希望获得爱情，不愿担任大学教授的职务，而是选择实现自己的出国梦想。在国外她遇到了能给她性渴望满足的男性——琼斯。但即使这样，黛二的内心并没有被唤醒，在美国生活短短三个月后，她选择了回国。但是回国后她面临新的问题和困难是要寻找到一份合适的工作，向她有权势能力的公公寻求帮助，低下自己高贵的头颅。虽然历经艰苦，但是全盘皆输。在身心俱疲的状态下，她准备将自己的所有情绪倾诉给墨菲，墨菲虽然是麦三的丈夫，但是始终对她怀有强烈的爱意。然而，她能够在墨菲坚实的胸膛中获得宁静吗？根据黛二自由的天性和独立的性格，本人认为难度较大。她曾幻想过自己死去的场景："春天

---

① 陈染：《超性别意识与我的创作》，《文艺理论研究》1995 年第 1 期，第 88 页。

榕树的旁边绽放出生机勃勃的花朵，在粉红色花朵的衬托下，人们发现黛二吊死在树枝上，安详迎接自己的死亡……是保护尊严的最终归宿。"① 这个内心世界的描写暗示黛二并非因为柔弱无助而选择了逃离。她的大脑中储藏丰富的知识，拥有美丽的容颜，如果在传统眼光中，她如果能够遵守女性的传统规范，也许会拥有令人羡慕的人生。然而，她渴望内心精神世界的独立和人格的完整。于是她仿佛是"难以被整除的余数"，最终只能"在恍惚的状态下与世长辞，但是无处告别"②。

陈染的《与往事干杯》刻画了一个截然不同的女主人公形象，由于历史的过错导致女主人公只能放弃一段珍贵的爱情，黯然离去并默默垂泪。"在我身边的英俊健康的身体，我要满含泪水离开你。我要将离开的本能化为意志，想要达到意志的极致，就要远离这具让我深深迷恋和崇拜的健康身躯。"③ "意志的极致"体现在陈染众多小说中的女主角身上。它的本质是女主人公的主体意识。而女性为了维持这种主体意识，必须"逃离"曾经心爱和沉迷的事物，这就是维持主体意识要付出的必然代价。

当代女作家们经常讲述表达这些内容，这些故事的主要内容均为女性过于独立自强，无法被社会接纳以至于遭到排斥。徐小斌在《双鱼星座》中刻画出卜零这一女性角色。她拥有顽强的意志，机智果敢、聪明伶俐，但是难以被领导、情人和丈夫接受。她并不存在异于常人之处，

---

① 陈染：《与往事干杯》，南京：江苏文艺出版社，1996，第115页。
② 陈染：《无处告别》，武汉：长江文艺出版社，1992，第83页。
③ 陈染：《与往事干杯》，上海：上海教育出版社，2003，第391页。

但是得到女巫的神启；希望获得稳定的工作，可是无法获得老板的喜欢，只能被迫下岗；希望和丈夫维持良好的夫妻关系，但是丈夫暴富之后鄙视她的工作，不认可文字工作的崇高，两人逐渐疏离而冷漠。她想获得情人的宽慰，但是情人只有英俊的皮囊，毫无责任之心，不愿对她负责。卜零之所以经常面临问题，是因为她始终步步退却，想要维持人格的底线。实际上，作为悍女的卜零所坚守的内心理想和人格底线，并非她在关系场域遭到冷遇的根本原因。笔者从小说中找不到对"爱"的深刻感触和解读，更不必说感激了。"爱虽是一种主动而积极的力量，但它只同爱者有关，在它得到被爱者的回报之前，并没有将爱与被爱两者实际结合起来。感激则不然，它已然包含了爱，它的爱是基于偿还动机的爱之回报。"① 因此，在缺乏爱与感激的生存环境中，悍女的选择都是荒诞的。因为不论是逃离还是拒绝，她都没有走向女性主体精神的飞升与再创造。

在本章中笔者进行了新时期以来小说中悍女形象书写与性别意识的嬗变过程与演变特质的探讨，同时也探讨了在不同阶段、男女作家的创作过程中，悍女形象书写经历的多重性别视角叠加。李玲认为男作家创作刻画女性角色时，虽然融入独立自由等性格特征，但是将男性女性视角相结合，仍然表现出男性自我多重的需求②，一旦出现挫折困难，男性希望获得女性的宽慰和包容，衡量判断女性是否符合需求。悍女作为打破和消融权威神圣、封建礼教和

---

① 路文彬：《纳喀索斯的凝视与厄科的召唤——中西视听文化差异初探》，《枣庄学院学报》2018 年第 35 卷第 1 期，第 3 页。

② 李玲：《中国现代文学的性别意识》，北京：人民文学出版社，2002，第 67 页。

理性崇拜的另类女性，作家只有真心赞美和敬佩这些女性并深刻表达出性别平等的意义，才是真正理解和细致观察悍女形象生命逻辑进行的创作。与此同时，笔者也注意到，由于文化影响和知识体系的影响，文化会潜移默化地影响作家的性别认知。在对此类女性充满宿命感的自我反抗意识的赞美中，饱含着作家对戴着沉重文化枷锁的女性无限的同情和不平等性别观念的深入反思。但男性作家对女性人物合理期待的性想象与男性中心的欲望化想象，常常纠缠在一起，成为一个难以完全避开的问题。而这个时期的女作家，如林白、陈染、海男、须兰等，写作的典型特征为个人化、私人化，描述女性的日常生活和感官体验，重视刻画表达女性隐秘的内心世界，将自恋孤独意象、梦幻体验、人物呓语和潜意识表达融入小说文本叙事内容中，体现了具有较强的诗性和艺术性。同时也展现了女性自我身体欲望的艰难表达与实现。这些作家也重视刻画独具特色的女性主体意识，利用小说语言酣畅淋漓地表达数千年始终处于幽闭状态的"女性黑暗大陆"（弗洛伊德语），开创女性写作的新起点，虽具有激烈的革新意识，但表述又足够柔和委婉。这些女性作家摆脱传统男性线性逻辑思维，刻画描绘女性由欲望衍生出的神秘隐晦的生命体验。在文本中细致刻画和描写女性身体，展示女性的欲望思想，通过性别结构与伦理颠覆的方式，建构全新的女性谱系和描述姐妹情谊，质疑颠覆传统性别、约束道德规范和性别压迫，重视关注维护女性的生命意识和主体精神。

第三章　当代家庭空间叙事中的悍女形象建构

　　如果小说是现实的反映，那么对新时期以来小说中的悍女形象解读，既可以从文学出发，拓展到创作背景和社会现实中，也可以从现实回到文本，反思文学与现实之间的关联。在论文的前两章，重在从文学内部，结合小说文本的经典案例，对悍女形象书写与性别意识进行了分析和论述。那么后面三章，笔者将以文学为中心，从文学内部扩展到文学外部，论述新时期以来家庭空间叙事和公共空间叙事中的悍女形象建构。这里要阐明和辨析涉及的几个概念及其关系：家庭空间叙事、公共空间叙事、女性形象建构以及它们之间在伦理学、社会学层面上的关联和区别。

第一节　家庭空间叙事与女性形象建构关系辨析

首先需要掌握"家庭空间叙事"的定义和适用范围。通过叙事这一手段讲述故事内容，叙事表达中要发挥空间的作用。空间具备不同的文本形态：首先，实体物理形态，是文本中具备现实物质形态的特定的地理标志、符号、场所和延伸语境意义后形成的空间；其次，虚拟情感空间，作品角色受到周遭事物影响，心理状态发生变化，形成的认知距离和感知空间[①]。空间不仅仅是一种场景和地理范围，同时也是一种社会意识和伦理规则的关系和结构。"家庭空间可以被定义为家庭活动中涉及的空间范围和位置。具体描述就是：家庭成员的活动涉及的与情感互动相关的各种实在物构成的地理场域以及想象空间包括家庭物理空间、家庭心理空间、家庭行动空间等。"[②] 而在"小说利用空间这一场所描述展示人物的活动行为，属于'能指'的指涉性符号。将小说人物的观点思维投射在对应的'能指'客观空间，建构带有隐喻性和象征意义的空间话语，和客观存在的客体意义存在明显差别。……通过空间话语，根

---

① 吕树明：《"香椿树街"的守望与回归——苏童〈黄雀记〉中的叙事空间建构》，《辽宁工程技术大学学报》2016 年第 3 期，第 377 页。

② 戴烽：《家庭空间与公共空间》，《青海社会科学》2007 年第 6 期，第 32～33 页。

据叙述者变化流动的心理意识，利用空间话语建构具备不同寓意的空间，增加分散的现代人生肌理和补充文本叙述的空白区，让小说话语呈现出立体视像的创作特点"[1]。而家庭空间叙事，指的是作者通过讲故事的方式，立体展现小说中的家庭空间的人物、场景、物品、意象以及在这个空间中产生的政治、经济、社会等层面的伦理关系，从而建构小说中的人物形象。

其次需要掌握作家笔下的形象建构，尤其是从家庭空间叙事角度所进行的人物形象建构及精神主体性的阐释。"可以将人的主体性视为哲学概念。个体的自我认知、反省、超越、塑造、理解、确认和实现的生命运动，以及在此过程中呈现出的各类特性特点，包括创造性、创新性、能动性和选择性等，就是主体性的本质；个体参与实践活动和进行自我反思呈现的生存状态及达到的生命境界，体现个体生命的范围和深度，用哲学表达个体的生命自觉。"[2]个体主体性的形成、建构和实现是一个充满矛盾和曲折的过程。个体坚持不懈地追求精神、力量、世界和最高意义形成的自觉意识，即为人的生命自觉，拥有多种多样的表达形式，人的生命所具有的丰富内涵会直接决定主体性的丰富内涵；人的生命自觉的实现程度会直接决定主体性的高扬程度。简单来说，个体的生命自觉是个人对人生的自我设计、规划、调整、实现和期待。并非先天形成主体性，而是后天建构而成的主体性。研究发现，根据历史演变历程和发展逻辑顺序，个人主体性的发展历程各不相同，可以划分为以下

---

[1] 黄翠云：《主体意识建构与欲望空间叙事——论施蛰存小说的都市话语与女体想象》，2009年浙江大学硕士学位论文，第22页。

[2] 郭湛、王文兵：《主体性是人的生命自觉的一种哲学表达》，《唐都学刊》2004年第4期，第13页。

几个发展时期，同时分别对应不同的发展阶段。第一时期属于初级期，由四个阶段构成，此时的主体性包括自在、自然、自我；第二时期属于转折区，对应一个阶段，也就是自失的主体性；第三时期属于高级期，由四个阶段构成，此时的主体性包括自觉、自强、自为、自由的主体性[①]。

早期我国学者专家立足于文学角度分析研究主体性，众多学者专家翻译分析不同的西方研究理论，实现中国传统文论和西方研究理论的碰撞融合，补充更新传统的文学主体性理论，从单一化发展为多元化。刘再复（1985年）提出的文学主体性观点，引起众多学者专家的讨论和热议，确定文学主体的划分标准，包括创作主体、接受主体和文学创作对象，也就是作家、读者和角色。实现文学主体性的探讨分析，就是实现人物形象主体性的探讨分析。刘再复否定抨击当代文学初期的人物形象塑造方法，忽视人物的历史特征强调环境决定论，忽视人物个性特点强调阶级性，忽视内在情感思想和灵魂强调外在冲突，突破总结文学创作主体性的内容：将个体视为实践主体，通过人的实践推动历史发展和进行历史运动，强调人是人；关注人的精神主体性，深入挖掘精神世界，强调创新性、自主性等特征[②]。

此阶段内，众多学者专家分析研究文学主体性问题，拓宽延伸人道主义命题和文学即人学的研究范围。受到后现代理论等先进观点的影响，我国学者专家调整主体理论的研究视角和研究方向。现代主体理论指出，主体是无限、

---

① 郭湛：《主体性哲学——人的存在及其意义》，北京：中国人民大学出版社，2011，第56页。

② 刘再复：《论文学的主体性》，《文学评论》1985年第12期，第17页。

独立的个体，强调理性和主体的内在联系，主体性研究进一步发展，从主体、客体二元对立发展过度为研究主体内部特征特点，影响当代小说的创作理念。后现代理论指出，要深入思考和重新看待主体的存在状态，表象是将非主体和反主体作为研究依据，从深层意义角度来说，强调主体存在的意义价值，进而质疑独立自主的主体是否客观存在，希望形成全新的主体观①。主体间接理论出现，确定主体性理论的研究方向和研究路径，我国众多研究者将传统话语和本土理论与其相结合，形成全新的主体间性理论，具有我国的文化特色特点。

综上所述，新时期众多学者专家深入分析研究主体性理论，补充完善文学理论研究成果，主体性的内涵体现强调自由和坚持以人为本的诗性关怀和理性思维。同样的，体现在文学作品中也是如此。即人物形象的主体性并非先天形成，而是后天自行建构而成的。诸多因素会共同影响制约主体性的形成，包括意识形态、传统文化和社会现实等②。所以，受到各类外部因素的影响，女性能动地生成和建构主体意识。在文学作品中，不同作家创作的悍女角色都具备主体意识，但是悍女与世界、悍女与其他女性以及悍女自我意识都会发生这样或者那样冲突。当她们觉醒并形成自我意识后，还会出现生存与发展的难题，做出不同的人生选择，表现出多样化的形象建构方式和内在特性特征，这些现象都值得深入讨论和分析。

---

① 方亭：《未完成的主体性——新时期以来中国文学理论对主体性的思考》，《社会科学家》2008 年第 12 期，第 20～21 页。

② 方亭：《未完成的主体性——新时期以来中国文学理论对主体性的思考》，《社会科学家》2008 年第 12 期，第 20～21 页。

再次，家庭空间叙事与女性形象建构紧密相连。罗兰·巴尔特曾指出，当人们对世界的经验认知和努力用语言描述这些经验认知时，就会出现叙事。它不断用意义来替代被叙述事件的简单副本[①]。因此，排斥或不具备叙事能力，也意味着排斥和不具备意义本身[②]。因此，当作家运用家庭空间叙事策略，将形象建构和主体意识觉醒融入小说女性人物形象塑造时，就会彰显作家对世界的经验以及努力用语言意识描述这些女性经验与身份能力的认知。女性主体意识是"女性主动承担社会责任和历史使命并履行义务。明确自身的特征特点，通过特定方式参与改造社会生活，认可自我价值和满足自身需求"[③]。而根据空间叙事与历史之间的关系，在上述内容分析基础上，笔者继续沿着新时期以来小说的发展阶段和脉络，论述家庭空间叙事与女性形象建构的关系。在不同家庭场景中小说作者在建构女性主体时会采用立体呈现的方式表达物品和意象，场景叙述带有空间性。在意象运动的过程中形成空间叙事，是在空间内展示和体现时间的发展。相较于前文中的意愿叙事，场景叙事通过鲜明的实体参照物延续时间和引起人们的想象，无须借助逻辑推演顺序。所以能够考察分析"叙事场所、事件类型和行为者之间是否存在内在联系"[④]，空间的范围较大，立体层次较多，不同场景空间的特征较为明显，这样可以宏观把握叙事内容。

---

① 转引自 [美] 海登·怀特：《形式的内容：叙事话语与历史再现》，董立河译，北京：文津出版社，2005，第 2 页。

② [美] 海登·怀特：《形式的内容：叙事话语与历史再现》，董立河译，北京：文津出版社，2005，第 2 页。

③ 祖嘉合：《试论述女性的主体意识》，《妇女研究论丛》1999 年第 2 期，第 4 页。

④ [荷] 米克·巴尔：《叙述学：叙事理论导论》，谭君强译，北京：中国社会科学出版社，1995，第 49 页。

场景、物品等空间描写和刻画是绕不过的，尤其当小说主角是女性，或者作者花费大量笔墨叙述的女性形象时，性别的自我体认与形象建构就在小说叙事空间中展开了。可见，女性形象建构离不开家庭空间叙事，空间叙事也在建构女性形象过程中获得了与历史伦理关系同样的更新迭代。而悍女形象作为女性形象中的一类，在小说家庭空间叙事中，同样进行着形象建构和自我体认。在这个过程中，小说作者通过书写人物形象并展现自身的性别意识，以家庭空间叙事为背景，建构人物形象的自我体认和主体意识。通过以上分析可知，在小说家庭空间叙事中，家庭伦理关系的各种层面往往成为作家的作品有无法回避的表现对象。虽然在部分作品中，作家并不是刻意从家庭伦理的着眼点进行创作，但家庭的要素却普遍存在于大量作品中。尤其是进入新时期以来，中国当代小说逐渐告别革命与政治伦理的叙事模式，是对新中国成立以来文学路径的一次纠偏；其小说文本与叙事情感从国家、集体、革命等范畴逐渐回归到个人与家庭生活，以及探究、反思平凡生活与社会变迁之间的关系。

从 20 世纪 80 年代前后至 21 世纪初，尤其是改革开放以来，市场经济活动日益活跃，人们的价值观念、人生目标、生活方式等领域都受到了强烈深刻的冲击，也伴随着反省、怀疑和徘徊。其间涌现的诸多悍女形象叙事作品，在写作风格、话语表述、性别立场、伦理思考等层面都发生了不同程度的转向和突围。笔者目光所及想象所至的那个时代，无疑是一个文化觉醒和浪漫并存的时代，它不仅纠正和调整了几代人的政治意识和价值困惑，也承载和包容了怀旧乡愁和未来展望。而家庭作为社会细胞的重要分子，在历史长河的任何时期和阶段，家庭空间本质上是反映社会政治经济、历史文化、伦理道德关系的集合体，是浓缩了各类矛盾冲突、抗争以及和解的空间。在小说家庭空间叙事中，作家从政治、历史、伦理等维度以小说文本的空间构筑为重点，突显悍女作为女性的自我体认与形象建构，同时还呈现了由性别意识主导的叙事与反抗。而在女性尤其是悍女的自我体认与形象建构过程中，笔者不得不将眼光投向空间叙事与性别理论研究中绕不过去的身体、性、欲望等重要概念。1949 年后，中国文学性史的突出问题是文学艺术作品创作过程中能否描述性与爱①，1960 年后，出现三个发展变化阶段：首先，第一阶段，不赞同描写爱与性；其次，第二阶段，放宽对爱的限制，但是禁止描写性；最后，第三阶段，允许描写爱与性②。简单来说，当代文学面临的问题发生转变，从无法描写爱与性转变为怎样"描写'爱'与'性'"③。众多女性作家立足于该问题，在文学创作过程中乐于将爱和性进行同步表达，通过直接描述性行为表达角色的情感体验和性感受。她们认为爱情的升华和为爱做出的行动就是性，在性运动过程中进行人格的平等交流和表达爱意，通过性行为进行情感的互动和增强，展示女性精神，通过性行为女性肯定自我价值。恩格斯在其《家庭、私有制和国家的起源》指出，性爱的前提是存在爱情，形成全新的道德标准评价分析性行为，从早期判断评价性

---

① 李银河：《新中国性话语研究》，上海：上海社会科学院出版社，2014，第 54 页。
② 李银河：《新中国性话语研究》，上海：上海社会科学院出版社，2014，第 54 页。
③ 张抗抗：《性与女性——当代文学中的性爱》，《南开学报》2006 年第 4 期，第 6 页。

爱关系是否合法转变为双方是否存在爱情。新女性既要形成独立自主、自由解放的意识，还要在现代性爱观的影响下形成正确的性爱观念①。所以，新女性不再单纯为了追求肉体快乐和生育需求而进行性爱，叙事者转变性爱的评判标准，从早期的合法转变为互爱。玛丽·沃斯通克拉夫特是女权主义的典型代表，她指出："女性通过不正当方法培养恶习和做恶事，这是为了获得权利的必然选择。这些女性难以获得理性规定要求的社会地位，不再是听从指挥的奴仆，成为喜怒不定的暴君。女性获得权利就必须付出失去纯真浪漫和放弃尊严的代价；她们的做法和想法，和那些我们印象中采用相同方法获取权利的男人一般无二。"②然而，立足于男性中心视角，男性采用相同的行为可以获得额外的宽容，但是对女性的要求较高。1980年后，我国性别意识形态的变化翻天覆地，性别观念的典型特征包括两性之间的"生殖隔离"以及本质主义色彩，"后社会主义寓言"指出，全新的性别关系带有性意涵，是回归的自然法则。社会学学者结合社会场景和现实情况，指出个体主义是强调市场话语的性别话语的前提，宣传欲望和素质；在父权制前提下形成的传统话语，提倡根据性别差异进行角色分工，这两种话语互相碰撞融合，缓慢渗透和融入国家话语中③。由此，小说作者一方面进行个人私欲的反思，认为现代语境中旺盛的个人私欲是社会失序的主要原因，

---

① ［德］恩格斯：《家庭、私有制和国家的起源·马克思恩格斯选集第4卷》，中共中央马克思恩格斯列宁斯大林著作编译局译，北京：人民出版社，1979，第76～79页。

② ［英］玛丽·沃斯通克拉夫特，《女权辩护——关于政治和道德问题的批评》，王瑛译，北京：中央编译出版社，2006，第44页。

③ 肖索未：《欲望与尊严：转型期中国的阶层、性别与亲密关系》，北京：社会科学文献出版社，2018，第17～19页。

另一方面又探寻性道德的评判标准——这个标准既肯定男女存在差异，又指出性别生理差异是出现性别对立和性别不对称的原因。

因此，从性别权力的角度看，相比于传统女性依附于父兄，新传统女性、职业女性和知识女性不再是权力的附属品。虽然她们游离于家庭领域与公共领域之间，内心依然未曾别离"家园"——女性诞生并长久依赖的家庭属地。在家庭空间中，女性孕育生命、养育孩子并付出了慷慨无私的爱，在爱中获得了历史家园的存在感和归属感。然而在男性权力中心的影响和制约下，女性的爱的本质被男性充满欲望的理想所诱惑和蒙蔽。事实上，爱和欲望的本质是疏离的。"爱根本就是利他的，慷慨的，而欲望根本就是自私的和索取的。"① 因此在这个意义上说，男性的爱欲表达事实上是一种基于理性权力的欲望攫取，通过这种方式来迫使女性以男性的情感评价体系为标准而束手就擒，而不必考虑女性自身的权利得失。与此同时，男性同样深陷其中，也受到了这种权力意识的干扰和束缚。由此，女性如果没有清醒意识到爱的本质及其历史意义，匮乏历史主体意识和权力反抗意识，依然无法从性别权力角度实现自我价值和突破束缚。悍女们所经历的带有深刻时代印记的问题，也都体现在了 20 世纪 80 年代至 21 世纪初的家庭空间叙事中。

---

① ［美］莫提默·J. 艾德勒：《大观念》，安住等译，广州：花城出版社，2008，第 108 页。

第二节　家庭空间叙事中的悍女
形象建构特征

1978—1983 年，家庭空间叙事中的悍女形象建构特征是基于女性经验对于自由渴望与反抗的双重性。

首先是家庭空间叙事打破了对于女性年龄的时间界定。作为隐喻女性经验的重要组成部分，年龄无疑成了作家和读者的共同关注点。如《四个四十岁的女人》的小说名直指年龄，张辛欣小说中的女性 30 岁左右，《方舟》三个女性 40 岁左右，《老处女》盛小妍 38 岁，她们基本上和新中国同岁。从词源上说，"年龄"是指一种生物自出生以后随着日月流逝，在某一个特定时间前存活的时间，是生命经历时间的常见代名词，而且年龄与社会再生产相吻合，与结婚、生育、求学、就业、迁移等各种人口现象密切相关。但是在家庭空间叙事中，悍女的"年龄"不再只是一个普通的有关于时间的名词概念，而是被空间叙事转化衍生为悍女们的"无物之阵"，它成了悍女自我保护与自我挑战二律背反的特殊武器，在空间中动态关联处于这个"尴尬"年龄段的悍女以及她们与周围世界的关系。虽然同为女性，但是悍女要比其他女性承受更多的社会压力和内心焦虑，这种压力事实上指向了一种伦理之恶，即作家对于"女性年龄"的刻意界定存在着古怪而又合乎社会期待的矛盾性倾向，导致悍女在历经年龄增长、容颜衰老等女性经验的同时产生了痛苦和恐惧的罪恶之感。

在小说家庭空间叙事中，与女性相关的时间元素被意象化和物理化，从而通过强调了空间中的性别逻辑关系，不仅强化了悍女形象对于周边空间环境与事物感知和体验的敏锐度和深刻性，也在一定程度上展开了对女性经验的价值再现和阐释创新。事实上，空间叙事中的女性经验作为不可或缺的创造性存在的经验，使得女性形象凭借其自身经验的破解力，得以撤离甚至消解为男性意识所束缚的园圃。正如内尔·诺丁斯所指出的，"女性经验是至关重要的，因为它为男女两性发展的最佳女性气质保持了开放的可能；它也是关键性的，因为它合乎逻辑地拒斥了传统女性经验的观念，此种观念认为女性经验源自且也因此获致合法性的所谓女性本质的东西"[1]。在小说中关于女性经验的家庭空间叙事中，表露出作者作为女性对这些悍女人生经历和女性经验的感同身受与恻隐之心，也隐藏着作者服从于男性权力的性别意识，从而导致这些被作家塑造的悍女形象，其性别自我体认和建构过程是不同于其他女性形象的。于是在男性意识的驾驭下，小说文本反映出"对初始时期保护功能的激赏，同时又伴随着被容纳、持有、附属的恐惧"[2]的矛盾性态度。而当女性既被崇拜又被恐惧时，就有了与

① [美] 内尔·诺丁斯：《女性与恶》，路文彬译，北京：教育科学出版社，2013，第68页。

② [美] 内尔·诺丁斯：《女性与恶》，路文彬译，北京：教育科学出版社，2013，第68页。

男性气质所对应的"女性气质"。这种气质"即便是在被敬慕之时，它也往往是被作为一种救急资源来看待的，即一旦'后来的''更有意识的''男性的'理性智力失败而所求助于的一系列应急能力"①。于是在这个意义上，这些女性的美德与自由随着人们对其年龄的过度关注消失了，"变成了依赖、恐惧、偷偷地崇拜、嫉妒征服乃至最后的角色转换"②。她们伴随着愈演愈烈的内心彷徨与挣扎，忍受着周遭刺眼的世俗眼光，如此循环往复，陷入年龄被物化后形成的叙事空间迷阵。

其次，这一阶段家庭空间叙事对于悍女形象建构，开始塑造具有双重角色的悍女形象。一方面这类女性在日常生活和职场重压下肉体干瘪、心理疲惫，她们渴望爱，渴望男性的坚实胸膛。另一方面，作者的性别意识和其构造的两性冲突也很明显，就是在塑造悍女形象中的新传统女性、职业女性、知识女性时，小说叙述者强调了她们具有渴望与反抗的双重性。即使这些女性在日常生活的两性冲突中付出艰辛、痛苦和泪水，但是她们依然无法或者放弃作为"人"的权利和自我社会层面的实现与发展，一直在反抗进程中体认和建构主体意识。如张洁的《爱，是不能忘记的》《方舟》等。小说叙事者的敏感和清醒促使她深切触及当代女性依然被歧视、被冷落、被拖延的社会现实，深切关注新时期以来知识女性的渴望与反抗相容的内心冲突。1982 年，王安忆创作的《流逝》这一中篇小说，创作背景为"文革"。上海资本家庭在"文革"期间的变迁和遭遇，

① ［美］内尔·诺丁斯：《女性与恶》，路文彬译，北京：教育科学出版社，2013，第 69 页。

② ［美］内尔·诺丁斯：《女性与恶》，路文彬译，北京：教育科学出版社，2013，第 82 页。

刻画描写家庭中三名女性的形象，她们成为被改造的对象，她们的政治身份为"文革"改造者，被当时的社会规训改造和接受主流社会思想，但是她们仍然坚持着反抗男性作为主体的诉求。虽然受到有限空间的压迫和改造，但是这些女性无疑是在尝试着追求身份的反转和角色的突破，以此完成作为悍女的女性形象建构，同时又与国家现代化想象保持较为紧密的联系。这些女性的形象建构，是男女平等政策的体现和实践，也是商品经济发展和性别关系转变的文学想象。

从小说文本透露出的是鲜明毛泽东时代特色的革命话语，对集体意识的强调要求在革命不同活动的所有项目中展示集体意识，希望通过国家意识形态加快建设社会主义和形成强大的精神力量，此时并没有将个人意识的觉醒和发展纳入文学视域中的重视范围。为了弘扬展示国家集体意识，还会打击和贬抑个体意识，忽视身体蕴含的感性和强大的力量，从而压抑身体对于建构女性主体的特殊效力。小说中资本家庭中的三名女性接受改造活动，强调集体精神和打击个人意识，获得女性的"身体"感性力量的支持。身体记忆和个人体验均为"身体"的感性力量，长期生活在形成的这些体验和记忆中包含的因素能够抑制和消除时代语境下塑造的革命性别。部分专家指出，小说中的瑞丽长期生活在资本家庭中出现自卑心理，为身处资本家庭的自己感到无助与迷茫，但是面临突然贫困的生活情形出现焦虑不安的情绪；亲自参与劳动后出现思想情感的变化和个人心态的转变；她向往早期的安逸舒适、无忧无虑的生活，直到无法控制自己的这份向往。作家真实描绘女性角色的心理感受和细致表达情感变化，生动形象地刻画了一个面临人生窘境但是聪明机智、疲于劳动奔波，但又向往安逸舒适生活，同时挣扎于矛盾陷阱中的资产阶级家庭的女性角色①。瑞丽的矛盾表现和纠结心理，表明这些资产阶级女性"身体"的感性力量的主体内容和革命性别内容并不相符，这些主体内容超越了革命要求的改造任务和预设的性别界限，具有双重建构的性质与特点，在建构女性主体意识时将革命性别和"身体"感性力量相结合，展开全新的性别想象。

　　"文革"期间，欧阳瑞丽忙于工作和家务，这个"资本家少奶奶"要养活其他的家庭成员，早期不为金钱所困的她要学会记录家庭开支，与人争辩说理，丈夫文耀觉得早期温婉的大小姐变得特别"可怕"，成了悍女。在当时变动的社会环境中，她参与工厂劳动能为她带来愉悦轻松的感受。瑞丽的转变表明，她为了获得男女平等的地位，通过实际行动进行地位争取和掌握性别话语权，认同男女在革命改造过程中拥有相同的权利和地位。而且，瑞丽参与革命活动时，要处理家庭纠纷、养活家庭成员、解决家庭事务和掌握家庭经济大权。家庭日常开支需要的资金较多，而收入严重不足，于是她主动走出家庭空间，开始在公共空间劳动，获得劳动报酬补贴家用，多多、文影等在下乡改造期间参与各类劳动出现诸多问题，瑞丽会帮忙解决这些问题。瑞丽通过解决家庭问题和承担经济重担，进而掌握了家庭政治的领导权，这是因为她采取主动的行为担任

---

① 吴宗蕙：《一个独特的女性形象——评〈流逝〉中的欧阳瑞丽》，《文学评论》1983 年第 5 期，第 133 页。

起家庭的重担和责任，那么她这种行为表明革命话语中性别关系的转变，建设社会主义仍然要充分调动和发挥女性的力量，以实际行动和权力转变落实新中国男女平等的政策。然而我们应该承认，只是单方面地解放女性是不够的。在小说中，经历过"改造"后的瑞丽不仅实现了权力结构中男女平等的地位，还获得了比男性更高的女性地位，她的身上开始闪现某些男性的性格特征。她从"不谙世事""温婉柔弱"的资本家少奶奶，成长为家庭空间叙事中的悍女，的确印证作者在塑造革命性别的过程中建构着女性形象，主体意识也已形成。但由于受到革命性别范畴的规约影响，这种构建并不属于完整的建构过程。因为在小说所呈现的国家解放和阶级解放的大背景下，作家虽然意在强调女性解放和建构女性形象，然而对于彰显弘扬女性特色和"个性"的书写意识并没有提到重要的位置和高度，因此其悍女形象建构仍然存在片面的问题。毕竟，在瑞丽的悍女形象建构过程中多少会受到空间变化与身体感性的影响，在空间叙事与感性力量双重支配下的悍女形象建构，能够展示和保留女性的独立个性与特质，这与时间进化与性别政治影响下的悍女形象建构，存在着明显的差别。

再次，在形象建构和性别意识的层面，这一阶段家庭空间叙事中虽然悍女们身处的社会环境和生存理念不尽一致，但是呈现了自强好胜的职业女性在面对爱人、面对感情时，对自身性别角色与社会角色所产生的惶惑与迷乱的双重情感。如张辛欣的《我在哪里错过了你》（1980年）、《在同一地平线上》（1981年）、王安忆的《最后的停泊地》（1983年）等小说。

到了 1984—1993 年，家庭空间叙事中的悍女形象建构出现了一些与文学思潮、时代导向的同步演变，特征是多元转型与伦理叙事变迁，通过空间叙事的可延展性，突破了时间线性叙事的束缚。

首先，悍女形象建构在社会现实、历史文化层面与家庭空间叙事中，向着三者统一的方向过渡。更进一步说，这一阶段的家庭空间叙事中，顺应并融合了当时倡导的政治经济政策、社会道德伦理观念和历史文化导向，家庭空间叙事与历史叙事、伦理叙事合为一体又具有内部特质。

其次是悍女形象建构从精神层面延伸到性爱层面，作家通过悍女的身体欲望的自我感知和性别欲求进行形象建构。这一阶段的悍女形象叙事没有止步于两性家庭婚恋关系在精神伦理和时代变迁层面的探讨，而是从空间叙事角度，迈出了性与爱的园囿——女性身体欲望在空间叙事中的场域呈现和情感抒发。

再次是悍女形象建构逐步由两性对立缓冲为性别探讨。这个时代的文学创作者，不论是男性作家还是女性作家，在经济浪潮和西方文化的双重冲击下，开始反思文学应有的历史价值和性别立场，借助空间叙事的力量，在时间叙事与空间叙事的坐标定位框架下，逐步回归自己的文学本位，自觉完成由社会启蒙者角色向女性主体叙述者角色的转换。

梳理这一阶段小说文本来看，残雪的《山上的小屋》（1985 年发表于《人民文学》1985 年第 8 期）和铁凝的《玫瑰门》（1988 年发表于《文学四季》创刊号）是其中比较有代表性、能有力印证上述特征的小说。

《山上的小屋》是残雪先锋小说的代表作。在这部小说中，作者选择从一种怪诞的视角来进行描述。在作者的笔下，一个梦幻的图景被描绘出来，把原生态的生活以及多元化的人性折射出来。作品中所描写的山上小屋，还有抽屉等意象，正是作者通过梦幻形式来反馈悍女现实生存困境的重要媒介。

从小说空间叙事的整体场景来看，作者以地处荒山、渺无人烟的"山上的小屋"为家庭空间叙事背景，其中的分界点就是荒山，犹如一堵墙，能起到阻隔的作用。"山上"是与山下相对而言的一个概念，是人与人之间隔膜的象征，隐喻在二十世纪六七十年代的特殊背景下，人们下意识保持距离所造成的冷漠。"小屋"是家的象征，是家庭及家里人的代表。小屋就其功能而言，本身应是起到遮风挡雨的作用。然而，小说中所描写的小屋则代表着牢笼，这隐喻在"文革"风暴下那种摇摇欲坠的世界，还被人在窗户上戳了很多小洞，而这些小洞代表着窥伺者，这对于一家人而言，时刻处于被监视之下。这是导致这一家人的生活充满了紧张感和荒诞感的社会根源，产生的后果是小屋中的这一家人，既要防备小屋以外的他人，同时在自己家庭内部成员之间也相互防备猜疑。

从重点意象这个角度上来说，"抽屉"隐喻女性的隐私，以及代表着女性的精神世界。"每天我都在家中清理抽屉"[1]，这代表"我"非常执着，体现为正面意义。而"我"清理抽屉这个举动未获得家人的理解和支持，妹妹偷偷跟"我"说开关抽屉发出的声音，着实让母亲发狂，为此"母

---

[1] 残雪《山上的小屋》，《人民文学》1985 年第 8 期，第 67 页。

亲一直在打主意要弄断我的胳膊”①。家人经常胡乱翻动
“我”的抽屉，并把里面的东西乱丢一地，完全没有顾及
这些都是“我”的最爱。家人们的频频干扰，导致“我”
永远不能清理好抽屉。这里的“抽屉”，实际上就是代表
着“我”作为女性的生活和意志，象征着“我”的私人空间；
“我”频频“清理抽屉”，实际上是“我”为自我救赎和
自由意志所做的努力。然而，“我”在重构内心世界秩序
的过程中，总是频频被他人嫉恨以及受到外部秩序的制约，
这些制约导致“我”的自我救赎受到了阻碍，从而陷入了
女性生存的迷茫与困境。

在小说结尾这部分，“我”内心逐渐平静下来，“坐
在藤椅上的‘我’，把自己的双手平放在膝头上”②，最终
“我”迎来了白光，而此时小屋却消失了，“我”和家人
都看见白光，白色的东西并非静止而一直在晃动，这就是“白
石子的火焰”③。这个空间场景让大家都平静了下来，暂时
把仇恨敌视统统放下，大家还看到自己的灵魂均被关押在
“山上的小屋”中，这个牢笼并非为别人打造，而是他们
自己合力营造形成。这里实际上说明作家期待着小屋里外
的人们开始反省——除了反省“文革”时期的负面影响之
外，也开始反思人性普遍存在的躁动问题。所有人都为自
我与现实中出现的孤单而焦虑不安，而作为“人”的女性，
由于其与生俱来的女性特质，需要在现实环境中通过反抗
来肯定和实现自我，而非徘徊在自我怀疑、否定和嫉恨之中。

---

① 残雪《山上的小屋》，《人民文学》1985 年第 8 期，第 68 页。

② 残雪《山上的小屋》，《人民文学》1985 年第 8 期，第 69 页。

③ 残雪《山上的小屋》，《人民文学》1985 年第 8 期，第 69 页。

虽然这个反抗的过程艰难而复杂，然而是必不可少——因为只有具有了反抗意识，才意味着女性主体身份开始确立。伴随着女性内心的强大与成熟，女性主体意识建构的基础才得以形成和稳固。然而，女性仅仅只有主体意识是不够的，唯有在主体意识基础上构建女性形象的主体精神，饱含敬畏之心和谦卑之情来寻找和发现自我，才是在伦理意义上完成了反抗，并延续反抗的记忆和能力。关于敬畏与自我的关系，舍勒曾说："只有敬畏才能在清晰而有限的思想和感觉内，在我们空虚和贫乏之时，使我们隐隐地意识到财富和充实；敬畏赋予我们一种感觉，使我们感受到尚未发掘出来，而且在尘世生活中无法发掘的生存与力量之宝藏。敬畏悄然将我们得以施展真实力量的空间暗示给我们：这是一个比我们的时间性生存更伟大、更崇高的空间。敬畏使我们不致对自己作出只会使自己着魔般茫然失措的、正反两方面的结论性价值判断；敬畏不断地给我们铺好绿茵，插好路标，我们走在上面探寻自己，也许不免迷途，最终却能找到自己。"[①] 在敬畏的引导下，爱才有可能在主体内部产生和成长。正如路文彬所指出的，"没有这样的畏惧，我们也就不可能产生真正的爱。那么没有爱的服从又如何可能孕育出主体所需的精神实质？如果主体精神不存在，那么人所拥有的一切美德也就都不可能是真正自觉的，即其只能被动地去攫取一些美德"[②]。从这个意义上说，人的主体精神的构建和稳固，依赖于对崇高的敬畏、对爱的服从，以及对德性的自觉。对于德性，斯宾诺

① [德] 舍勒：《受苦的意义》，林克译，载《舍勒选集》上卷，上海：上海三联书店，1999。
② 路文彬：《中西文学伦理之辩》，香港：中国文化战略出版社，2019年，第157页。

莎认为"德性，即是人的力量的自身，此种力量只为人的本性所存在。换言之，只为人努力保持其存在的努力所决定。所以一个人愈努力并且愈能够保持他的存在，则他便愈具有德性，而且只要他忽略了保持他自己的存在，他便是软弱无力的"[1]。在此，德性即人的力量自身，而且还会因为人的努力而保持和增强，"德性与力量我理解为同一的东西，就人的德性而言，就是指人的本质或本性，或人具有的可以生产一些只有根据他的本性法则才可以理解的行为力量。'德性'是人的一种无限求'善'的'能力'，这种'能力'直指人的存在即人的自由意志本身，人唯有尽力维持住他的存在本身，人方才是有'德性'的"[2]。然而如果主体精神缺失了，那么主体中的崇高、爱与德性等必备元素也将消失，主体也将成为虚假的主体，伴随而来的是，责任、自由与幸福也将成为虚假主体惧怕的对象。原因就在于，缺失主体精神的人的本质是狂热而任性的，他们的目光永远在攫取或迎合欲望，他们的人生字典里没有"责任"与"赞美"。因此，家庭空间叙事的悍女形象主体构建，与崇高、爱与美德是密不可分的。

从以上对小说的家庭叙事空间分析来看，这篇小说描述的处于紧张混乱状态的家庭生活，象征着"文革"时期以及后续一段时间人们普遍的生存与精神状态，它不像伤痕文学那样进行简单抨击，也没有逃避对过去的反思。它更多的是一种烈火重生的勇气与执念，有着更深远的历史使命感。小说中，母亲的笑容显然不是发自内心，这是一

---

① ［荷兰］斯宾诺莎：《伦理学》，贺麟译，北京：商务印书馆，2019，第 185 页。
② ［荷兰］斯宾诺莎：《伦理学》，贺麟译，北京：商务印书馆，2019，第 217 页。

种虚伪的笑容，而妹妹投射过来的目光，总是那么直勾勾，父亲的眼睛更像是狼眼①。一家人之间没有信任，原本应该坚固的亲情，却是如此畸形不堪，这导致小说中"我"的生存安全感是缺失的。然而，小说并没有止步于描写人性中的丑陋与变态，不再拘泥于西方荒诞小说的简单模型，而是继续深入反思和追问当代女性在困境中的生存问题，这代表着一种时代。残雪在创作这部小说过程中，以一种战斗的姿态来直面社会阴霾给人们造成的心灵创伤，旨在修补人性被灰暗历史蛀空的那一块空白。残雪在这部小说所展现的另类女性写作姿态，将悍女形象建构与解构并行推进。一方面，小说行文与构思怪异玄虚，极具后现代主义的隐喻色彩和想象空间，而小说对悍女形象的文学想象，没有与惯常的现实经验相结合，使得在文学审美接受上令人有种不可思议的错觉。不过，透过这种不可思议，她们所揭示的女性自我精神状态独到且可信，尤其是把这种不可思议直接渗透于女性特有的细腻笔致之下，这足以令笔者深切感受到她们对于传统意义上的审美表达所颠覆或否定的审美表达的力度，是对被束缚的女性有意识地反抗。另一方面，残雪从不同价值向度来阐释当代女性如何建构主体形态，她所塑造的悍女形象具有反抗意识的现代性品格；从中所积累的女性个体经验，以及相应的文学经验，能为当代文学品质实现对接与整合带来重大启示作用。

而在铁凝的《玫瑰门》这部作品中，"玫瑰门"隐喻女性尤其是悍女在家庭空间叙事中的生存意识和历史沉

---

① 残雪《山上的小屋》，《人民文学》1985 年第 8 期，第 67 页。

浮。《玫瑰门》涉及了几代人的家族历史以及相应的家庭空间，从纵向视角来审视女性之间的这种微妙关系。在这部小说中，男性角色相对于女性而言似乎都非常弱势，从性别视角来审视男性地位，在这样的视角下男性形象出现一定程度的扭曲和变形。从某种意义上来说，这是一种性别偏见的体现，作者在叙述过程中，实际上隐藏着对两性关系尤其是对性别审美原则的批判。在《玫瑰门》这部作品中以悍女形象作为主导来凸显男性主体的羸弱形象，这背后是作家理性的自审目光，拷问着女性最隐秘的内心世界。小说中的悍女在"罪"与"罚"的角逐中承受着生命之痛，并发出了对爱的呼唤。她们在追随男性过程中的确追寻与成就着自身的主体，只是"这个主体仅仅从属于男人，而非从属于她们自己"①。《玫瑰门》从苏眉孩童的视角来进行阐述，主要叙述了婆婆司绮纹陷入"罪"与"罚"困境中的整个人生。在少年时代，司绮纹作为五四时代的"子君"，对于她来说，倾向于投身于充满热血的革命，以及选择粉色的爱情，她认为这两者显然比家庭的荣光更为重要。然而，不管是"家"还是"革命"都对这个疯狂的女子持拒绝态度。所有的"罪"，都归因于那个任性又充满着疯狂色彩的雨夜，少女司绮纹为爱情和革命献身，在那个雨夜她失去贞洁，将此来祭奠革命和爱情的神坛，这是重建社会公共秩序所进行的首次尝试，这除了蕴含着圣洁意象之外，还携带着屈辱的意味或色彩，华志远因为集体意识和占有意识没有作为男性个体的责任和担当。在"文

---

① 路文彬：《中西文学伦理之辩》，香港：中国文化战略出版社，2019，第223页。

革"期间揭发了这种关系后，这种圣洁便变成了一种屈辱。面对此，司绮纹选择回归家庭，此时她背负着失去贞洁以及不孝的罪名，她选择把美好留给所谓的爱人华志远，自己却默默承受着由此带来的"罪与罚"。她最终"决定出嫁，试图通过这种方式来换取家庭原谅，……她甚至对未来丈夫暗暗产生忏悔之情"①。

不过很显然，她的这种暗暗的忏悔之情，未能获得丈夫的原谅，丈夫选择弃家并外出另寻新欢，不管她如何为家庭付出，包括在经济方面的支持，还有恪守妇道，但最终依然被抛弃，同时还被染上梅毒，日夜忍受来自公公庄老太爷的谩骂。面对种种凌虐，司绮纹不再选择沉默，她再一次选择"站出去"，携带自己的儿女南下寻找丈夫。但她的勇敢选择却未获得同样的回馈，等待她的是血泪死亡，她的长子在南下途中夭折，这给她带来沉重的打击。上天对她的惩罚还远远不止这些，尽管丈夫再次回来，但留给她的只有花柳病。受尽命运折磨的司绮纹最终发生蜕变，她开始变成"恶之花"，"她决定用自己的肉体，来对人生进行亵渎，这已经不管爱或者恨，而是人生的小把戏"②。她选择在一个风清月高的夜晚强奸公公庄老太爷，她用这种乱伦的方式进行报复，即便这需要牺牲她的个人尊严，但对于她来说，这就是一种绝地反击。她采取这种充满罪孽的方式，只是为了报复另一种罪，即便这让她的尊严扫地。对于她来说，先是犯了所谓的"罪"，之后的行为是为了"赎罪"。作者通过这种"罪"与"罚"的形式，

---

① 铁凝：《玫瑰门》，山西：北岳文艺出版社，2002，第117页。

② 铁凝：《玫瑰门》，山西：北岳文艺出版社，2002，第174页。

把女性这种悲凉的生活状态还原出来，倘若她选择妥协投降，这确实能做一个好女人，但她须为此付出失去自由的代价。对于她来说，想要抗争到底并据此换取生命自由，那么就需要冒犯规矩，于是，她选择从社会秩序的薄弱之处寻找突破口，并因此变成一个没有规矩的女人，她的这种绝望挣扎从某种意义上来说是一种苟活下去的生活智慧。在"文革"期间，司绮纹故意制造事端，目的就是为了摧毁自己的妹妹司绮频，同时，她还揭发达先生的行为，来获得街道的认可，她实施的这些行为实际上就是热爱生活的反应，她希望自己能成为生活的主导，这是一种"自我"保存意念的体现，这也是一种充满着"罪与罚"的游戏人生态度或者是社会潜规则。事实上，司绮纹也曾积极追求自我，并在路途上不断努力，但是她在这条路上始终被围堵，屡屡被"抛弃"之后，她又一次次地"站起来"，延续着她的精神生命之路。铁凝所描述的社会挤压下的悍女生存现状，可以说能直击自我灵魂，能把这种超乎寻常的自审意识表现出来。

铁凝的《玫瑰门》通过笔下的司绮纹，表现出对女性自我的质疑："我"是谁，从哪来？要去哪里？立足于女性的自我审视进行文本内容的创作，自我审视既是亵渎女性身体，也是探究分析个人的心灵深处，在女性的内心深处进行探秘形成的矛盾和冲突，《玫瑰门》十四章中用八章的篇幅描写苏梅的内心独白记忆。苏眉作为第二代女性的经典人物，她的生命意义具有双重属性。从苏眉口中叙述整个文本故事，她亲自参与家族变迁，又跳脱出家庭成员的身份来冷静审视家庭史，兼具参与者和旁观者的双重身份，她的精神和灵魂的对话形成内心独白。苏眉的这些内心独白发生在家庭空间叙事中。通过独白，苏眉自我审视个人的成长经历，深入剖析精神世界和自我灵魂，以此避免一切干扰因素的影响，以冷静的姿态审视和发现成长过程中的自我。她由于受到男性中心主义的社会道德标准的影响，加上自身对个人成长经历的审度，因此表现出的是冷漠残忍破坏成长过程中的理想状态，在成人复杂世界的撞击中打破动摇标准和道德。她一直在成长痛苦中进行自我审视和问询"我是谁"，以期打破传统的社会秩序从而进行自我建构。在女性世界演变更替的过程中，并未导致旧有的社会秩序坍塌，而纯粹女性世界的自由奔放也并未让女性获得骄傲和满足的成就感。因为，紧闭的"玫瑰门"拒绝让她们进入公共社会空间，这正如铁凝在文中意味深长地讲述："你可以自由地走进去和走出来。你在面临紧闭的门时，可以将世界上所有的门都视为魔鬼的诱惑或冷漠地拒绝。"①

社会公共环境和家庭环境带来的干扰侵犯，以及司绮纹旺盛蓬勃的生命欲望，共同构成这种"罚"。司绮纹是苏梅的外祖母，利用个人在社会秩序中掌握的生存智慧强制干预影响苏梅的自我人生，"她者"司绮纹以外婆的社会身份干预介入"她者"苏眉的身心世界，"她者"建构自我受到的侵害因素和这一代女性群体的焦虑紧张情绪，并非男性和传统男权世界，而是"他者"。她们被认为是家庭血脉的延续者，要继承血缘的辉煌。立足于女性视角讲述家庭故事和描绘家庭变迁，这些女性作家讲述主流家

---

① 铁凝：《玫瑰门》，山西：北岳文艺出版社，2002年，第224页。

庭故事中，肆无忌惮地掀开家庭空间帘幕遮挡的秘密和女性的自我记忆，刻画和回馈超脱阶层、革命、政治的女性性别桎梏和发展难题，抨击否定获得"他救"，通过刻画描写各类以女性为主的悲剧性情节和以复仇为目的打造的性别对峙场景，深刻揭示"自立自救"的性别主题。

1993—2000 年，家庭空间叙事中的悍女形象建构特征是性别身份认同与权力主体同在。经过 20 世纪 80 年代中后期的实践和积淀，90 年代家庭空间叙事中的悍女形象，在社会伦理、身体欲望、性别意识等层面基本完成了不同于 80 年代小说家庭空间叙事的、具有强烈自我表现和形象建构意识的转变和突越，形成了悍女形象建构叙事美学的新形态，得到了更为广泛而普遍的社会关注和探讨。

徐小斌在其创作的小说《羽蛇》中，通过相当自我方式来揭示女性自我认同的历史，以及女性自我异化的历史。在这部小说的题词里，就这样写道："世界没有了灵魂，而我也没有了自己的性。"[1] 她用这种诗意忧伤的文字暗示写作动机。在这部小说中，所阐述的近乎百年的政治和历史，从某种意义上来说，是女作家揭示男性中心主体控制的一部书写历史。在作者的笔下，历史书写着男性权力的更替，而在女性生存方面，则处于"前革命"或是"非革命"的这种恒常状态，悍女亟待在家庭空间叙事中实现历史与现实的统一。

而在张洁的《无字》这部小说中，叙述者执着于家庭空间叙事中对于悍女形象主体性认知以及历史构建方式的认可，作家在叙事过程中执着于塑造女性的现代性独立人

---

① 徐小斌：《羽蛇》，重庆：重庆出版社，2012，第 1 页。

格，不断让这些具有希冀与反抗双重性的形象丰满起来。即便这些抗争女性的身份没有完成逆转，但也宣告着其秉持本心捍卫自我主体性的强烈愿望。这或许是张洁陷入"无"的困境后最为激烈的反抗与斗争的体现。该部小说中，包含外祖母墨荷、母亲叶莲子、"我"等活灵活现的女性角色，经历了自我主体性由最初的憧憬到后期的大胆追求，两性关系由最初的压制到后期绝地反击的过程。

在小说的家庭空间叙事中，墨荷是典型的传统女性，在"父母之命，媒妁之言"的迫害下，父亲并未经过其同意就安排好了她的后半生，被逼无奈之下只得嫁给叶志清，没日没夜地劳作和充当生育机器，这对她造成了非常严重的身心伤害，只能够选择忍耐，尽最大可能来守住最后的尊严，这或许是对于命运不公的无声反击。不过即便是在这种情况下，墨荷也没有能够完全泯灭外祖母精神层面的超脱，"所有的女人在命运中都在等待自己的白马王子，这是女人的天性，当有一天被现实打击得遍体鳞伤时，才会真正地明白这不过是镜花水月"①。每年在外采榛子之时，就是外祖母得以摆脱家庭日常繁忙事务的机会。她想象爱情甜蜜而滋润，但是虚拟的幸福永远只停留在幻境中。外祖母暂时超脱现实经验的臆想，事实上是凄凉而伟大的反击，是外祖母出于女性经验从而在自我意识层面上想象生发出来的镜像世界。而母亲叶莲子通过半自由半介绍认识了顾秋水，但顾秋水因其鄙视女性的意识和暴力倾向注定与历史发展相背离。叶莲子由此受到精神创伤和背弃，但凭借顽强的意志坚持下来——为了自己的女儿，也为了母女俩的生存。

---

① 张洁：《无字》，北京：十月文艺出版社，2002，第 119 页。

即使顾秋水毫无关怀之心，在战争来临时将母女弃之香港；即使顾秋水在女儿面前与情人缠缠绵绵，叶莲子从来没有放弃生存的希望。她不再相信命运，不再相信安排，而是选择通过自己的奋斗来掌握自己的命运：不妥协不放弃，始终追求作为女性的自我主体意识。

　　同时，墨荷的人生与叶莲子的人生存在精神层面和生活境遇的差异。墨荷在精神层面的超脱是一种自我萌芽，叶莲子之所以能够独立，也是为现实生活所迫，即便被抛弃也需要争取和抗争生存的权利。这两个女性的生活遭遇有明显的差异。叶莲子从小就生活在城市里，接受过良好的教育，对于民主自由与男女平等的进步思想有深刻的认知。伴随着社会的发展，女性逐步具有主体地位，很多掌握知识、掌握资源的女性，已成功确定了主体身份。叶莲子其实掌握有相应的自主权与选择权，在选择婚姻过程中，父亲并未采取包办婚姻帮她全权决定伴侣，而是给予叶莲子选择婚姻对象的自主权。可以说，时代的发展赋予了这类平民女孩特定的自主权，然而由于受到传统父权文化的深层心理困扰，叶莲子对于男性主导权力的依附意识并未彻底消失，她渴望从男性那里得到依靠进而拥有幸福美满的家庭。从社会性别因素考虑，不能否认的是，扮演女儿、母亲、妻子等多重身份与角色的叶莲子的确获得了主体地位和主体身份，并生发了现代性的自主权利意识。然而仅仅具有主体地位和身份并不足以抗衡和逆转势力强大的传统父权文化和男性意识，其主体意识与自省程度仍然疏离于自觉的反抗。所谓的自由婚姻只不过是她趋利避害的最佳权衡，是其顺应服从时代观念与家庭环境的产物。她的独立生存也并非出于对不公平境遇的清醒认知与执着抗争，而更多的是被男性权力世界抛弃后所作出的迫不得已的生存性选择——这种选择在伦理意义上是人类求生的本能反应和欲望，而非基于自由精神层面的本质性改变与突破，而其主动而自觉的抗争更无从谈起。因此在这个意义上，作者所塑造的叶莲子及其母亲墨荷这两个人物形象，不论是对父权文化的反抗，还是女性主体性建构都几乎停留在同等水平。可见，虽然时代观念的发展与演变给予了女性相应的权利主体地位，男女平等意识得到了推广和深化，然而在实际日常生活场景和女性经验的空间感知过程中，女性主体地位与女性自身价值观念发展并不匹配，要想真正地实现理想状态下的女性主体意志，仍然有很长的路要走。

而第三代女性吴为从小就接受了良好的教育，父亲对母亲所造成的迫害，使她也波及其中，成为参与主体，成为包夫人的雇佣。在香港战火连天的社会环境下，父亲赤身裸体殴打母亲，这些情景都给吴为留下了深刻的印象，而这种伤害是根深蒂固的，从思想层面牢牢地扎根，进而转变为对于男性的仇恨、恐慌与依赖，在潜意识里毁灭了吴为最后的尊严，以及丧失对爱情追求的信心，这些思想贯穿其一生。舍勒指出，羞耻与恐惧之间的关系，以及这两者对人的生命情感和精神状态产生的影响。"畏是对'危险'的预感，它与生命本身一样悠久。畏出现在危险的事物和事件的伤害作用于生物体之前，即这些事物同时被想象。恐惧是同类的预感，但是缺乏对危险事物的想象。羞感与畏的关联甚少，与恐惧的关联则更多。羞感与恐惧不仅在表现上部分一致，例如，由于羞怯而颤抖和由于恐惧而颤抖；而且在羞感的冲动上，整个情感姿态也类似于恐惧的姿态。"① 不过，明明知道爱情的虚无缥缈，吴为仍然接纳了胡秉度，失败的结局可想而知。所以，自我主体被弱化的吴为无法借助于依附男性权力来实现空间叙事伦理中自我生命意识的复苏与救赎，她选择了疯狂与死亡，希望通过自己的失败与教训来给下一代以警示。她即便预知最终结局是悲惨的，仍然义无反顾地尝试。第四代女性则开启了一个崭新的觉醒时代——这个时代的女性自我主体意识的体认和建构并非只指向女性纯粹的内在特质，也并非女性作为"她者"对于男权父权制的绝地反击，而是指向两性关系建设与共生的反省与探索，并对两性的相处前提与模式提出了期待——男性女性都具有相对的自主性和独立性；两性的相处模式则是基于自由伦理和生命平等的交流对话，而非依附或压制对方。

莫言《四十一炮》（创作于 20 世纪 90 年代，出版于2003 年）是中篇小说《野骡子》的进一步拓展。在这部作品中，主要讲述农村妇女杨玉珍的人生故事，杨玉珍在其丈夫与情妇私奔之后并未选择放弃生活，她选择勇于面对生活，并独自一人抚养孩子，靠着自己的力量发家致富。杨玉珍在没有技能的情况下，选择捡破烂来维持一家人的生活。她在经营过程中或多或少存在投机取巧现象，并通过这种不正当的经营方式积累到一定财富。不过对于金钱，她非

---

① ［德］马克思·舍勒：《道德意识中的怨恨与羞感》，林克译，北京：北京师范大学出版社，2014，第 198 页。

常吝啬和苛刻。罗小通认为父亲罗通仗义狭隘又风流。对外，他在利益和公平面前权衡得宜，受到大家的认可，通过这种方式树立起男性权威；在内，他无法控制住自身本能的原始欲望。在那个年代，生活环境较为恶劣，对罗通造成的冲击较大，这也是他形成"今朝有酒今朝醉"观念的重要原因。这种观念与杨玉珍所持的勤俭持家积累财富的观念格格不入。罗通作为热血男儿敢和村主任老兰争女人，同时又能克服私人怨恨，当老兰被牛撞死面临生命威胁时，他选择挺身而出；作为情夫他体贴关怀自己的情妇"野骡子"，为自己没有能让她过上好日子并过早死去深感自责，他也因此更加疼爱自己和"野骡子"的女儿；作为父亲，他获得了儿子罗小通的认可。在罗小通看来，他的父亲罗通极富感性，让人无法讨厌起来。

而罗小通的母亲杨玉珍，在外她是一个不法商人，为了钱在破烂上掺水，能和老兰同流合污；在内她精打细算，为能盖大瓦房竭尽全力挣钱，她压抑自己也压抑别人。从作为女性的这个视角上来说，她瘦弱贫瘠、不好打扮、争风吃醋、心胸狭隘。面对不怀好意的老兰示好，她没有做到恪守妇道；作为母亲，她尖酸刻薄且又脏话连篇，没有母性的温良敦厚。在漂亮乖巧的妹妹到来之后，杨玉珍居然对这个无辜小女孩心生厌恶。在这部作品中，作者对老兰这个人物形象的态度显然非常讨厌。"野骡子"这个女人神秘又极具诱惑力，正是因为她，罗通和老兰才结下梁子。罗小通认为"野骡子"姑姑更有女人味，也更懂得照顾男人。尽管关于她的着墨并不多，然而从父亲和老兰的争斗可知，"野骡子"能满足男性的各种需求。不过，在"野骡子"

去世之后，罗通重回家庭，终究因无法忍受母亲与老兰之间的关系而选择杀死母亲。罗小通认为造成这个悲剧的最大恶人就是老兰。为此，他非常愤恨老兰并向他开炮。故事到这里，从表面上看，作者所塑造的杨玉珍与"野骡子"形成了鲜明的形象对比。前者从外貌到内心都是一个不折不扣的悍妇，而后者神秘莫测、富有女人味。而"当我们层层剥去男性所讲述的女人故事的外壳时，我们就能发现，女人在这种神秘化过程当中同男人的共谋本身便是一种极大的恶"①。

众所周知，在婚姻生活过程中男女分饰两种角色，一个扮演妻子，一个扮演丈夫。我国的传统就是女主内男主外，分工明确。罗通作为一个男人，纵然有谋生的本事，但是他并没有攒下什么钱，他挣的钱都耗费在了自己的情欲和食欲上，他无法让妻子和女儿过上锦衣玉食的生活，在他带着自己的儿子吃香的喝辣的、抱着美人享乐的时候，他似乎忘记了自己的身份是一个丈夫，除了斗心眼、冷嘲热讽、吵架，他并没有给自己的妻子温暖的依托和享受。杨玉珍由于心疼丈夫在外打拼不易，和传统的女人做出了同样的事情，恪守作为妻子的责任相夫教子，同时她还在为实现美好的未来含辛茹苦地劳作，罗通最终选择回归家庭并不是由于对妻子的歉意或者忏悔，也不是由于对妻儿的思念，他的这个选择，是他走投无路之后没有办法的选择。这对杨玉珍造成了很大的伤害，她想要在短时间内把多年来的积怨抛诸脑后，接纳丈夫和丈夫情妇的孩子并不是一件简单的事情。但是她最终还是做到了。在儿子看来，杨玉娇

---

① ［美］内尔·诺丁斯：《女性与恶》，路文彬译，北京：教育科学出版社，2013，第83页。

的哭泣、做家务、日常的打扮、对于娇娇的照顾，更像是一个精神病人的真实写照。小说在喜剧式的外在焦点和充满夸张的叙述当中，杨玉珍内心的伤痕累累，并没有被过多地关注。在读者看来，她就是一个强势做作的女性形象，罗小通可以说是一个和父亲同一战线的小男人，已经超出了一个儿童的形象，他的视角失去了少年本心，而是一个被建构起来的男性标准审美形象。

杨玉珍一直以来都是一个默默承受所有的客体，不管是丈夫在外面风流还是最终选择回归家庭，她从来都没有获得丈夫的关爱和温暖，纵然丈夫回归了原始家庭，但是杨玉珍想要得到的关怀和温暖还是跟以前一样，没有任何改变，回归原始家庭的丈夫跟以前相比并没有任何改变，但是妻子已经不是原来那个妻子了。在金钱的诱惑下，杨玉珍也出轨了。面对妻子的出轨，罗通表现出和以前杨玉珍完全不同的表现，他选择了沉默，用节食的方式来反抗。用这种方式获得了女儿和儿子的同情。杨玉珍在面对回归家庭的罗通表现出了暂时的原谅，罗通面对背叛婚姻的杨玉珍，油然而生想杀人的愤怒。"我"不忍心或者不愿意去批判父亲，只能把矛盾的焦点对准了老兰。

值得关注的是，莫言在小说当中描写了很多母女关系和父子关系在父女身上，我们或多或少都能看到母亲的影子[1]。上官家的女儿比上官金童更有雄姿，每一个人都遗传了奶奶戴凤莲和母亲的刚毅果敢和泼辣大胆，他们在选择婚姻的时候都是采取了自由婚姻的方式，在婚姻面前他们全部都是因为一见钟情而快速做出了结婚的决定，没有考

---

① 张京媛：《当代女性文学批评》，北京：北京大学出版社，1992，第196页。

虑到世俗，也没有考虑到对方的家世背景和经济状况，表现出了义无反顾的姿态。母亲不管采用什么手段都没有办法阻止上官家的女儿，在爱情的选择上用不同的身份和手段参加到了时代的斗争当中。姐妹之间成为了仇敌，除了上官玉女对于自己的母亲有着母女感情之外，在莫言的小说当中，母女的关系一般都处于敌对状态。由于姐姐们不体谅母亲的辛苦都是采用违背自己意愿的方式走进婚姻关系，使得母亲非常烦恼。身处家庭叙事空间中的母亲并没有从女儿身上获得天伦之乐。一直处于批判视角的上官金童，对于自己的姐姐们的态度是非常复杂的。有时候嫉妒、有时候渴慕、有时候理解、有时候愤怒。这个母亲对于上官金童比对其他的八个女儿更为重视，在教育过程中显示出了重男轻女的情怀。在那个时候的乡村，母亲不可能把母爱平均地分到每一个人身上。莫言站在金童的视角上，可以理解母亲当时的处境，但是男性天生的恋母情结是由于内心对于没有完成母亲的期许而获得的自"我"慰藉或者借口。姐姐们作为比自己年龄更大的女性，但是并没有像母亲或者有长姐如母的那种温良恭俭，这使他非常不爽。

弗洛伊德指出母子关系是矛盾最少的一对关系，波伏娃认为这是由于母亲尊重的是未来的儿子。因为在母亲看来，儿子能在未来成长为一个保护自己家庭和保护母亲的英雄。母女关系则有更多变化的可能性，在这个他确立的时候，她感觉到自己已经被出卖了。在后期展现出了某种分裂症的特点，她希望能够用自己的分身把自己变成一个高级的造物，身为一个母亲，也想把自己受苦的缺陷强加到女儿身上①。因此，母子关系的和谐与母女关系的敌对，决定因素在于历史文化思维的演变与构建，而非性别生理差异的天性。在莫言的小说当中描述了很多母女之间的敌对关系，在母女关系中，很难看到女性的优点。强悍的母亲虽然代替了父亲的地位，但是没有获得父亲的权威。母女这种敌对的关系是由于作者是站在男性的角度上所产生的刻板印象，但是不论是"被阉割的母亲"还是"俄狄浦斯母亲"，实际上都是弱势群体的写照，并没有独立自主的主体意识。在父权思想的影响下，即使父亲作恶滔天，但是女儿也依然还是父亲的女儿，在父权思想的引导下成熟的。女儿对于男权文化的认同在短时间内是不可能扭转的。在他骨子里仍然刻着男尊女卑的观点，男性特权使慈母变成了一个工具，即使作为一个强悍的母亲，她仍然需要维持女性温良恭俭的特点，特别是在面对女儿们都自由恋爱婚姻的时候，这种冲突就变得更加剑拔弩张了。这并不是由于女性的特质所造成母女之间敌对关系的，最主要的原因就是男性话语权，在乡村世界以儿子为尊，谁家的儿子多，谁就能够获得尊重。女儿更多是被作为男性家庭当中的可交易的物品。在《天堂蒜薹之歌》这部小说当中对这一罪恶的现象进行了赤裸裸的揭示。高马和金菊自由的恋爱最大的阻碍是来自于"换亲"，金菊是事关自己的哥哥们能不能结婚最关键的一个环节，事关方家的香火能不能往下延续最关键的一个环节。亲生母亲在传统道德的束缚下可以拿起擀面杖击打女儿②，方家父子三人在矛盾的冲突当中扮演

① 〔法〕西蒙娜·德·波伏瓦：《第二性Ⅱ》，郑克鲁译，上海：上海译文出版社，2011，第348～349页。
② 莫言：《天堂蒜薹之歌》，北京：作家出版社，2012，第34页。

着可恶的帮凶角色。母亲在父权思想的影响下，自己的生存焦虑产生了扭曲，从而使得对女儿的爱确实呈现出了可憎的功利面目。可以看出，在小说家庭空间叙事中，与第二代女性形成鲜明对比的是，叙述者塑造的处于焦虑和功利双重扭曲遮蔽状态的母亲，作为男性特权的间接行使者，是无法在独立自主的意义上实现自身悍女形象建构的。

在《天堂蒜薹之歌》中，女儿们的叛逆，反映了作为第二代的女性形象已经有了果敢、刚强、泼辣等男性化特点，以及家庭空间叙事中更广泛而深入的权力关系主体性。这和小说中其他男性成员的无能、萎缩，形成了相当讽刺的对比。上官家从祖孙三代在精神和身体上都是无用的男人，没有能力抚养妻儿，也没有给妻儿提供任何情感支持。这就使得这个家族女强男弱，祖孙三代女性都呈现出了男性阳刚的一面，并且与悍女形象达成了某种意义上的一致，从而证实了自我的存在。但是作者指出这种崇拜是对女性的崇拜不如说是对男性气质的崇拜，这流露出了莫言创作性别意识的双重性。笔者从莫言小说中发现，作家对女性特质中的母性赞歌从未停止过，也意味着他呼唤着男性阳刚气质的回归。在他的很多作品当中，母亲都是以女性光辉的形象出现。隐忍、忠诚、克己、忘我，他的所有关注点和精力体力都放在了孩子身上，相夫教子，像上官鲁氏想让儿子变成一个真正的英雄，保护自己和自己的家人。她为自己一直以来的付出感到自豪。在莫言的作品中，鲜见母亲不光辉的另一面，女性产生困惑和无聊都是由于孩子们的不争气。于是在家庭的这种叙事氛围当中，这种被歌颂的付出却走偏了，迈向了另外一个让家人厌恶的一面，

"母亲"变成了专制强悍的代名词，不管是丈夫还是孩子都避之唯恐不及。

《四十一炮》中的杨玉珍即使以瘦小的身躯独挑大梁，也难以获得丈夫的爱情和儿子的敬爱。在这部小说的家庭空间叙事过程中，由于所塑造的悍女形象过于重视自主权利，却没有承担起相应的责任，没有对苦难母亲的赡养和同情，也没有尽到抚养子女的责任。换句话就是没有承担做女儿的义务，也没有承担做母亲的责任。这种来自责任与义务的焦虑也由问题少年、病态儿童、无父孤儿等形象传递出来的。比如《红树林》中的林虎、《四十一炮》中的罗小通、《欢乐》中的齐文栋、《枯河》中的儿子，笔者注意到这些子辈都是以男孩的形象呈现出来的，他们的母亲不管是多么的强悍，在没有父亲的引导下教导出来的孩子，终究没有成为英雄。这是由于父亲形象的长期缺失导致父亲那种阳刚的气质没有贯彻落实到孩子们的心中和身体上。在父亲的思想当中，如果没有父亲的在场就有可能使得后代没有阳刚之气①。这种逻辑就是如果孩子没有父爱，就没有办法从父亲身上获得那种阳刚的气质，站在男孩的角度上来说，就会使他没有办法从父亲那边传承到阳刚的气质。父亲这个角色是很难取代的②。莫言这种论断显然也是站在一个男性的角度上出发的，实际上著名的心理学家拉布朗什曾经提出了"成人世界"这个观念，认为这种忧虑是能够被化解的。不管是男是女，孩子们必须去理解这些文化规范。在现今的社会背景下，成人世界这个定义令人容易产生质

---

① ［美］朱迪斯·巴特勒：《战争的框架》，何磊译，郑州：河南大学出版社，2016，第 200 页。

② ［美］朱迪斯·巴特勒：《战争的框架》，何磊译，郑州：河南大学出版社，2016，第 200 页。

疑。父亲并不是阳刚气质的唯一代言人，甚至错误地认为没有父亲的阳刚气质就无法理解成人世界的文化。这里提到的论断的最底层逻辑，还是认为父亲是阳刚气质的唯一承载者。但是父亲所代表的阳刚气质又是文化的先决条件，如果没有对这个文化进行反思，那么"父亲身份与阳刚气质其实是断裂、可变、意义分殊的文化实践"①。在莫言的作品当中很多都表现出了强悍女性独木难支的焦虑，也有对男性阳刚之气的崇拜。可见，小说作家在家庭空间叙事过程中显示出来的性别观念，印证了其对父权文化的认可，歌颂阳刚的父亲这个国族文化偶像，也能够说明作家事实上是臣服于某种暴力的"成熟状态"②。

实际上不管是男性还是女性，本质上都是通过话语权来决定的。小说叙事的主体特点，不管是总的忧虑还是反进化论的历史意识，都是源于男性主题的欲望投射，这种投射有可能是历史或者个人无意识的重合。在乡村父权思想的影响下，能够生男孩的女人才是受到歌颂的。这是由于原始社会当中长期以来存在的父亲思想影响作用下的结果③。举个例子，在《生死疲劳》当中西门闹娶二姨太迎春的原因是看中了她生男孩的体质④。姜子华在博士论文中分析了《丰乳肥臀》中作为生存主体和性爱主体的姐姐们，并为其性爱和身体象征的生命感大唱赞歌⑤。在《性与女性——当代文学中的性爱》中，张抗抗对现代文学从爱情衍

① ［美］朱迪斯·巴特勒：《战争的框架》，何磊译，郑州：河南大学出版社，2016，第201页。
② ［美］朱迪斯·巴特勒：《战争的框架》，何磊译，郑州：河南大学出版社，2016，第206~207页。
③ 佟新：《社会性别研究导论（第二版）》，北京：北京大学出版社，2011，第58页。
④ 莫言：《生死疲劳》，北京：作家出版社，2012，第13页。
⑤ 参阅姜子华：《女性主义与现代文学的性别主体性叙事》，东北师范大学博士学位论文，2010。

生性欲的发展过程进行了概括，从"含糊其辞"到"欲求不满"，再到难以控制。20世纪80年代末以来，文学作品中对于性的描述得到了广泛的认同，但需要尽量做到最优雅，才能与大众的价值观念相适应。莫言作品《红高粱家族》正是在此期间风靡一时，小说呈现了传统文化禁锢给男性和女性带来的双重束缚，而余占鳌和戴凤莲之间的爱情唤醒了原始的生命本能和欲望，对社会的禁欲理性趋向的贬低。小说的时代意义在于，它突破了性爱的久禁之区，使社会压抑已久的情绪得到释放，所塑造的悍女形象得以从压抑性本能的理性危机开始走向自由持久的两性关系。在这个过程中，产生了适应时代呼声的两性生存法则和权力关系。两性尤其是女性的权力地位，在生产与再生产的历史化社会关系中得到界定，以一种历史的方式重新界定过去与现在，从而突显这部小说在联结家族历史与家庭空间的叙事维度下，进行悍女形象建构和权力认同的追求特质。《丰乳肥臀》通过家庭空间叙事中对"性爱"的描述，来削弱公众的空间叙述和政治观念在多重情感上的多重影响，反映了中国人民近五十年来被冷落、被阉割的欲望和性爱的叙述。不但女性变成了"反叛"的传统形象，而且男性的"性"和"欲"也得到了彰显。在自由与宣泄的性爱中，由于爱情而得到了尊重，在无压迫的情况下，性欲发展为情欲，在持续的、增强的天性知觉上，自我意识达到了新的高度。

莫言作品描绘的爱情，是一帮热心肠的男人和风骚的女人，是两个生机盎然、活力四射的身体的相互冲撞，是人的本性的自然表现。在余占鳌和戴凤莲之间的感情逐渐消退后，余占鳌和恋儿之间的感情得到了更多的认同。小说里余占鳌是个血气方刚的男子，他的男子天性和他的婚姻不幸是促成他婚外恋的重要因素，一方面突出了男性的自由属性，另一方面又以男子的家庭责任感为支撑，让余占鳌的出轨得到了原谅。他主动养着恋儿，情感寄托被描述成爱的表现形式、情欲的自然体现，同时也是以生育为本的道德理念的反映。"同生共死的性欲刺激了男人的责任心"①，这也是爷爷余占鳌的男子气概的部分表现。与之相反的是，戴凤莲、烧锅大叔、花脖子都是在关键时刻调解，或者是为了自己的利益而作出牺牲，都要一个合理的解释，但这只是一种对自己的性忠诚的一种强化和需求。对男性激情的激励是一种压制的自由释放，一种对人性的改造，而女性的情欲本就属于是一种新的社会道德准则，它对欲望满足的合理性以及正当性作出了诠释。就像上官鲁氏，她没有别的欲望，只想着要生个孩子，一个女人为了生儿育女而发生情欲，这一切都会被认为是一种神圣的东西。上官鲁氏做出借种生子这样的事情是为了想做一位母亲本能的欲望。

基本上，在莫言小说笔下对家庭空间描述里，更多的是男性对女性的幻想性的描绘，在满足男性多元的精神需求的前提下，受束缚于传统的道德准则，她们践行着"真正女人"的"自我意识"，自愿接纳他人的"自我"。作者一方面颂扬了现实主义女性无私奉献、任劳任怨的传统女性形象；另一方面，颂扬独立自主的女性宣扬个人主体

①　季红真：《大地诗学中心灵磁场的核心故事——莫言小说的生殖叙事》，《文艺争鸣》2016年第6期，第140页。

意识、直面个人欲望的当代伦理；有时同情女性的痛苦，把她们看作是一个与自己同等的主体，有时则极力捍卫男权，陷入男性主体意识，无法把自己看成主体之间的人①。在莫言的作品中，这种"主体性空间"的主动建构与持续违背的对立状态亦是常见。由于这些女性所具有的女性或母爱特质，作者始终未能让她们真正实现思想和经济的独立而摆脱对男性的依附。作家在批判封建文化制度时避开了男性的自省，就连性爱意识崛起、独立自主的传统女性，也仍然屈从于男权的核心，继续沿着女性传统桎梏前进。

通过以上的小说文本细读和分析，有一个重要观点突显了出来，即新时期以来的小说作者通过家庭空间叙事建构悍女形象特征明显，也在小说界和评论界产生了较大的社会影响，但是在建构悍女形象过程中也存在一定的误区。最明显的一点就是，家庭叙事空间中的爱情，一开始就是作为欲望与梦想来美化和虚设的，并且通过爱情的物化来激化这个效果，以至于作者所建构的悍女形象也误认为，爱情意味着人生追求的终结，在爱情中的存在感与获得感，自从进入婚姻就告一段落，因为婚姻就注定是爱情的终结者，甚至还没开始就已经结束。巴迪欧就指出："当然，必须有一个开始；但是，爱，首先是一种持之以恒的建构。爱是一种坚持到底的冒险。冒险的方面是必然的，但坚持到底亦是必须的。相遇仅仅解除了最初的障碍，最初的分歧，最初的敌人；若将爱理解为相遇，是对爱的扭曲。一种真正的爱，是一种持之以恒的胜利，不断地跨越空间、

---

① 李玲：《主体间性与中国现代男性立场》，河南大学学报（社会科学版）2006 年第 2 期，第 11～12 页。

时间、世界所造成的阻碍。"①事实上，爱是可以继续存在于婚姻中的，并在婚姻中获得成长。第二点是，作家所建构的女性形象，如果单方面地延续或者照搬"男性气概"，很容易导致女性独特本质出现缺失或变异，于是在小说中有关家庭空间叙事的众多文本中，笔者发现男女之间的两性关系或角色并没有实质性的逆转，即使"男性气概"十足的悍女，在本质上也是不自由的，而作为不自由的主体，也无法具有爱的品质和能力——这种爱的能力是由强者指向弱者，由强者给予弱者的。因此在性别权力关系中处于弱势地位的悍女们，最终走向了两性关系的磁场，无论与丈夫相吸还是相斥，"女人从丈夫那里证实她的存在的合理性"②。事实上，真正能够从内心命令女性的，唯有女性的本质而非男性的强权。第三点是，叙事有性别立场是可行的，但是不仅要探讨悍女的形象建构，也要将这种形象建构放入更大的性别意识和观念背景中。针对这点，贺桂梅曾犀利地提出，站在女性的立场并不是单单强调"女性"，也不是永远以女性的视角看待问题，而是要认识到更宽泛的规则，以及形成女性生存的社会体系和权力架构③。可见，在新时期以来家庭空间叙事中，由于缺乏对女性本质及其精神价值的清醒认知，悍女所进行的反抗是基于被迫顺从的自身利益和欲望的反抗，而基于爱与自由意志的反抗使命尚未完成，悍女形象的合理性、可持续建构依然还有很长的路要走。

---

① ［法］阿兰·巴迪欧：《爱的多重奏》，邓刚译，上海：华东师范大学出版社，2012，第63页。

② ［法］西蒙娜·德·波伏瓦：《第二性Ⅰ》，郑克鲁译，上海：上海译文出版社，2011，第298页。

③ 贺桂梅：《三个女性形象与当代中国社会性别制度的变迁》，《中国现代文学研究丛刊》2017年第5期，第45页。

第四章　当代公共空间叙事中的
悍女形象建构

本章的论述主题，承接上一章关于家庭空间叙事中的悍女形象建构，从家庭空间叙事延伸到公共空间叙事，旨在恢复隐藏从家庭内部走向公共空间的女性经验，也是对一直被主流学理观点偏见所掩盖的女性经验的修复和论证。

第一节 公共空间叙事与女性形象
建构关系辨析

首先探讨的是女性在公私空间的现代性觉醒。追溯到西方的古希腊时代，"公共"和"私人"之间的区别清晰可辨。私人空间是自然的结合体，大部分是家庭空间。在这个空间，生活的所有基本需求都隐藏在其中。相反，公共空间则是男人们展示他们光荣和卓越的公开场地。妇女作为家庭的私有财产，被完全排除在那些"卓越"的事情之外①。公共空间是所有成员行使权利的基础，是控制、支配和处置权利的重要场域。可以说，在现代以前的公共空间叙事中，女性形象一直是沉默的、容易被忽视的，甚至是有性别压迫的。如果一个女性在公共空间中没有保持沉默，甚至出现了冲突和争执，那么意味着这个女性未来将遭到公共社会舆论和公共理念的贬抑和否定。长久以来，在父权制思想的约束下，尤其是在西方性别权力话语体系中，女性被视为无序、混乱和性的代表，她们是与男性对有序公共空间观念相违背的存在。男性则代表理性和控制。

而现代性发生以来，女性的主体性在家庭空间与公共

---

① 范晓静：《从公／私空间看女性自我认知——以电影〈面纱〉为例》，《青年文学家》2021 年第 26 期，第 153 页。

空间中都发生了一定程度的自我认同感与存在感的觉醒。作为现代性概念的"主体性"至少包括四层意思，即：个人主义；批判的权力；行为自律和观念论哲学本身①。可以说，在现代性引导的历史变革过程中，女性随着所处空间场所的变迁，与公共社会关系走向了强化和共生，由此逐渐打破了时间叙事惯有的进化论控制，获得并完善了自我意识和自我认同感。"在社会现代性的多维构成中，女性所处在与活动的场所地点和其身份、地位、言谈举止密切相关，家园通常是女性日常守候和维护的空间领域，在这个家园里，她们获得了自我认同感，在与家园各成员的相处过程中，增强了存在感。"②然而，如果这种认同感止步于家庭内部空间，那么即使女性步入了公共空间，依然由于作为女性的主体身份的缺失，而导致其在公共空间的位置和权力依然以男性的标准来界定。正如周作人意识到的，女性解放需要女性具有"为人"与"为女"的双重自觉，而现代性发生以来的女性，虽然觉悟了女性"为人"的必然，却一直困惑于女性如何追求与实现"为女"的生命价值目标及其伦理意义，女性身份认同、女性角色确定和女性主体构建仍然是有待于进一步开发与命名的处女地。英国社会学家安东尼·吉登斯在《现代性与自我认同》一书中也明确指出女性社会身份认同的问题，"对于被解放的妇女来说，认同便成了最为突出的问题。……妇女的认同完全是依照国家和家庭来界定的，以至于她们在'跨出'家庭走到社会场景中时发现，这里所能获得的认同是由男人的

---

① 艾四林：《哈贝马斯》，长沙：湖南教育出版社，1999，第197页。
② 范晓静：《从公／私空间看女性自我认知——以电影〈面纱〉为例》，《青年文学家》2021年第26期，第154页。

刻板印象所提供给她们的"[1]。

21 世纪以来，越来越多的学者和小说作家在研究创作反思时，认识到"逻各斯"文化及其父权本质不仅压迫女性角色和女性主体性，也对男性角色和男性主体性构成了压迫。男性看到了自我的渺小与自我解放的重要，只有在两性合作共同谋求人性自由自主的前提之下，父权文化传统才可能被有效地颠覆，两性关系才得以获得自由的交流和主体的构建。

其次，反思家庭空间与公共空间形象的建构。如果不拘泥于社会世俗的偏见和眼光，从文学研究的性别视角来看，进行文学研究首先前提是承认存在性别差异和社会分工的事实，终极目标是消除性别敌对与压迫，实现两性和谐与人类文明及进步，男性与女性共同需要面对的不仅有来自私人空间的生存压力，也有来自公共空间中社会男权父权制及其象征体系的发展压力，这就决定了女性和男性都不能离开人类的另一半进行协作，更不应该互相排斥与对立。正如波伏娃在其《第二性》一书中就认识到了男性自我的不完全与不自主，认为男性自由不能依赖"靠不住的特权""两性当中表演着同样的肉体与精神、有限与超越的戏剧两性都在受着时间的侵蚀，都在等待着死亡，他们彼此对对方都有着同样的本质需要，而且他们从自身的自由当中可以得到同样的荣耀。他们如果想品尝这种味道，就不会再去想争夺靠不住的特权，于是友爱便会在他们当中实现"[2]。可见，绝对的性别对立只能两败俱伤，当追求

---

① ［英］安东尼·吉登斯：《现代性与自我认同》，赵旭东、方文译，北京：生活·读书·新知三联书店，1998，第 197 页。

② ［法］西蒙娜·波伏娃：《第二性》，陶铁柱译，北京：中国书籍出版社，1998，第 823 页。

自由本质而非争夺特权，才有可能出现两性和平相处的局面。

当新中国成立后，国家政治话语无孔不入地侵入人们的私人空间和公共空间，阎云翔指出，在"十七年"时期，国家参与并改变了家庭组织模式与功能，夫妻亲子相处的权力关系也发生了变化。"国家以多种方式直接参与了对家庭变革的推动，剥夺了家庭的许多社会功能，家庭化的社会组织模式受到了挑战；其次，新婚姻法和其他家庭改造政策是导致私人生活转型的另一重要因素。1950年的《婚姻法》及其1980年修订的新版本都在法律上确认了年轻人恋爱婚姻的自主权。第三，国家推动了家庭的私人化，通过摧毁传统地方权力的方式使家庭私人化得以实现，同时也通过将家庭卷入国家政治的方式为其个人的发展创造了新的社会空间。"[1]尤其是在"十七年"小说中的公共空间叙事中，其性别权利话语体系在继承传统解放区的同时，也继承了百年来现代化进程中男女平等以及妇女解放这一思想。因而，这种富含中国特色的女性话语权利是具有坚实基础的，它在一定程度上决定了女性的自我体认、性别反思及其形象建构始终是处于国家的政治话语体系和公共空间叙事的视野之中。然而从新中国建立到新时期以前的公共空间叙事中，女性的主体构建是为了表示性别是统一而非表示性别的差异，关于性别的表述与阶级的表述相渗透而非凸显与阶级的表述之外，是要让女性进入原本受男性控制的公共领域而非建立一个女性独立统治的私人领域。

---

[1] ［美］阎云翔：《私人生活的变革：一个中国村庄里的爱情、家庭与亲密关系（1949—1999）》，龚晓夏译，上海：上海书店出版社，2006，第255～256页。

与公共空间叙事中"十七年"小说及之前的悍女形象相比，新时期以来小说中的悍女形象最大的特点就是，她们作为身份认同的主体，游离于家庭空间与公共空间之间的地带。要深入分析悍女这类女性对寻找和构建自身主体性这一问题，应当包含文化和社会建构的因素，不可从身体、性关系、性行为或性存在等单一的生物学视角出发[1]。文化禁忌在女性性欲的正视和释放中被突破，但人的真实感受也为了解放而解放的性欲所压抑，使人被肉体、欲望和性等身体的替代物所奴役（从前是"志""仁""政治"等）[2]。我们的自我观念、角色认同、性欲满足等多个方面是在男性和女性叙事的差异性中形成的[3]，两性的思维差异还将长期地存在。有学者认为，女性完成现代化的过程比男性更为复杂艰难[4]，首先是要在家庭这个私人领域中逐渐觉悟自由与平等的意识，接着女性为了踏入公共领域，需要通过取得经济来源从而摆脱对男性的依赖，这需要她们在内心中坚定逐渐有能力实现与男性同等的价值。但尽管踏入社会，这类女性仍然无法避免在爱情和职业之间权衡并挣扎，因为她们面对的还是男性主导统治的社会。

作家在家庭叙事空间中，既有对女性深切的同情与理解，也有对女性独立和觉醒的困惑甚至恐惧。更进一步说，在作家对悍女形象的建构过程中，一方面，空间叙事中的悍女们出现了间歇性的错觉：当活动地点处于家园身份认

① ［美］大卫·诺克斯、卡洛琳·沙赫特：《情爱关系中的选择——婚姻家庭社会学入门（第9版）》，金梓等译，北京：北京大学出版社，2009，第114～123页。

② 谢有顺：《文学身体学》，《当代作家评论》2002年第1期，第121页。

③ ［美］波利·扬-艾森卓：《性别与欲望：不受诅咒的潘多拉》，杨广学译，北京：中国社会科学出版社，2003，第37页。

④ 史晓林：《现代性悲剧俘获的女性——论方方小说中女性悲剧的当代体验》，《山东女子学院院报》2019年第2期，第89～90页。

同的场所时，被突显出的是女性特质，而当她们移动到公共空间时，她的家园归属感和安全感受到威胁，同一性也就被公共叙事空间所建构、解构与重构，服从于男性的那一面特质又显露了出来。另一方面，虽然处于公共空间叙事中悍女的性别身份确认开始变得支离破碎，会发出"我是谁""我在哪"的疑问，但是与此同时，悍女们具有的颠覆和抵抗力量使得她们的女性自我意识开始觉醒，在消解自我的家园感与认同感的同时，解构着男性权力限制女性生存与发展空间的阴谋。

第二节　公共空间叙事中的悍女
形象建构特征

首先，新时期以来公共空间叙事中悍女形象建构特征体现为身体欲望的表达。

自 20 世纪 80 年代起，随着我国改革的不断深化，由国家主导的一统经济逐步转向了多样化的经济形式，人民的生活方式也日趋多样化。在过去传统的社会里，像未婚的大龄女性，乃至同性恋关系，都逐渐被人们所接受。生活的变，颠覆了传统的生活步调，未来的前景也变得无法预测，呈现在世人面前的往往是五光十色的场景碎片。对于某些悍女而言，物质取代了她们的信念，成为她们的新偶像。城市的迅速发展和农村快速的城市化进程，为大量都市悍女的形成奠定了发展的前提。

可以说，城乡公共空间的日益多元化和本土化见证着悍女们的成长和生活，一些作家甚至相信，城市的建设就是为了给女人提供便利。比如，张抗抗通过她的作品描述了都市的空间，间接表达了观点："为商业公司创造微小利益的家庭用品电器，已不以'革命'为名，而以女人之名进行生产制造；只能在夜晚想象的房子和汽车，在白天却成了现实；家具、餐具、卧具、玩具、文具，都在妇女们的贪婪和苛刻之下推陈出新；即使是办公室里的办公桌和办公设备，都是按照女性的曲线来打造的，以女人的审美观为理由，来满足男性的基本欲望……都市不但满足了女性的欲望，而且还激发了女性内心深处的渴望。"①

在张抗抗描绘的作品中，都市与女性基本是一体的。虽然都市生活多元化，然而悍女们凭借着自身敏锐的触觉、嗅觉等感官，从都市空间寻觅到自己的位置，并催生出自我的欲望。都市不再是文明批判的对象，而是融入悍女们的个体生命中。因此，当都市作为一个包含了多元生活与情感地带的空间，进入人们的视野中时，都市的形象就变得正面而积极。它有内蕴、有广度、有活力。这也是对当代文学作品中大部分城市空间叙述观点的一种对抗。

显然，从《作女》等作品叙事分析来看，作者对于城市的感知与描写，基本上已经脱离了近代文学的局限，特别是以一种女性特有的、崭新的视角审视着城市的时空，作者的性别态度与情绪也凸显出来，其中有忧虑、迷茫、痛苦，然而爱与包容却占据着大部分篇幅。正因为如此，在作家笔下城市是一种全新的、值得称道的公共空间客体，它给悍女注入了一种全新的质感，让她有了一种与以往迥异的魅力。这主要是由于城市空间建设的近代化，以及市场经济的浪潮，使得更多的女性不再满足于现在的生活，从家庭空间脱离出来，投身到了公众的社交生活中，从而使她们的价值观、爱情观念发生了很大的变化，尤其是对

---

① 张抗抗：《作女》，北京：华艺出版社，2002，第 23 页。

于金钱和物质的欲望空前高涨。因此，都市空间的多元化不仅满足了悍女们日常生活的欲望，而且在叙事者的授权下，悍女又以自身的主体身份确认与构建的伦理实践，再次诠释了都市空间等多元公共空间叙事对时间叙事单一线性维度的突破。

其次，新时期以来公共空间叙事中的悍女形象建构特征体现为女性群体叙述声音的增强。

由于群体叙述声音强于个体的叙述声音，因此前者具有更加直观、更有冲击力的叙述效应。与此同时，不同叙述者的叙述内涵和看法互相支持与互补。在新时期以来小说的公共空间叙事中，叙事者塑造女性形象常采用群体共同叙述的声音，以增强女性的性别话语权力。而且男性传统中对女性形象存在误读，通过群体发出叙述声音，是女性对这种形象误读所做的解构。为了形成和建构不同于男权至上的新的审美价值观，女性必然要对传统的主流观念进行反驳和批判甚至解构，而群体式的叙述也就是女性的"众声喧哗"，可以在无形中增强话语的权威性和力量感。这就意味着，小说作者在公共空间中为女性的生存和发展创造了一个有别于真实社会的生存空间，即无形的话语力量，强化了小说中悍女的性别自主性，通过批判、解构和戏仿以往作品中女性形象的方式来实现对女性主体形象的塑造，从而也在一定程度上影响了以男性权力为本的评估模式的审美价值观。

悍女形象作为一类独特的女性形象，体现出家园疏离与女性觉醒的双重性，内心同时充盈着强烈的孤独感与责任感。她们有别于人们对于元明清戏曲小说、现代小说中悍女的刻板印象，在公共空间叙事的流变过程中，悍女融入了温文尔雅、知书达理的成分，表现得并不那么强悍。随着时代的进步和发展，悍女形象得到了新的发展，在某种程度上会与男性妥协，而不与男性直接对抗或完全对抗。如胡辛的《四个四十岁的女人》中，四名失散了20年的朋友在一家医院里神奇地团聚了，在经历了一系列的惊讶喜悦之后，女人们开始谈论自己的经历——这是他们首次开始真正地检讨反省自己的人生。她们中有些被男人的社会评判所折磨，有些人获得了别人的认可却不被关注。只有当她们了解到别人的经历时，她们突然意识到，自己的人生其实是多么空虚——那些失去了自我的女性，却从来没有得到过自身的重视。在这所医院里，四名女性反省她们的人生，对她们的人生进行评估，或者是再做选择。"医院"是一种暂时的公共隐形空间，它没有被男性的既定规范所左右，女人们以自己的主观意识来反思自己过往的人生，尽管有一定的痛苦，但她们最终找回了身为女性的自我，并以此来构建自己的主体形象。又如张洁《方舟》中的三名女性，她们的容颜与平日里柔弱的女子完全不同，面容蜡黄、嗓子嘶哑、身体干枯，就好像一块干巴巴的牛肉。即便如此，也不想花太多的时间去打扮自己的容貌。不光是外表，女人们在心灵上也没有找到适合自己的位置，她们并没有真正意义上的自我，她们虽然表面上英姿飒爽，但内心深处却有着巨大的差距，她们依然没有从男性主义的社会束缚中走出来。但是，这三个女人的圈子里，却暂时找到了对自身女性特质的认识①。有一次，梁倩约了荆华和柳泉一起

---

① 胡莎：《〈方舟〉："花木兰们"的人生哲学》，《枣庄学院学报》2019年第3期，第31～38页。

到电影厂看她拍的电影，她"在闪电中骑着摩托车疾驰，在狂风暴雨中显得格外地勇猛"①，感觉自己充满了力量和自由，并且"认识到自己能够掌握自己的人生"②。在此，梁倩她们的性别观念是矛盾的。她们遵循着男人的生存与思考模式，从内到外都散发着浓郁的男性气概，说明她们是在潜意识中存在男性竞争意识的。与此同时，梁倩们却对自身的女性身份存在疑惑和幻想。如果女性只是单纯地靠自己从外部和内部实现雄化，那就等同于在思想上承认了男性主义的认可，也就无法建立一个独立的、完整的女性独立个体。就像小说中所言："要争取真正的自由，不仅要有政治和经济上的自由，还要有足够的信心与自强，才能使自己的生存有意义。"③只有如此，女人们的精神和灵魂才会得到真正的解放，从男性至上的社会回归到女性的本性，去寻求她们所向往的自由与快乐。

最后，新时期以来公共空间叙事中的悍女形象建构特征体现为通过赋权重新定位女性的生活形态。

悍女在公共空间叙述中的角色定位，是由赋权的方式实现的。不论是《方舟》中的三名女性、《小姐你早》中的戚润物、《中国式离婚》中的林晓枫，还是《生活秀》中的来双扬、《厨房》中的枝子，都是在真实世界里经常被排挤的，但又代表着女性坚强力量的形象，她们游离于家庭空间与公共空间却不彷徨。她们在传统与现代之间追逐着性别权利，同时也力求达到生存权利的平衡空间。

---

① 张洁：《方舟》，《收获》1983 年第 2 期。
② 张洁：《方舟》，《收获》1983 年第 2 期。
③ 张洁：《方舟》，《收获》1983 年第 2 期。

　　从《厨房》题目看，这部小说描述的是发生在家庭叙事空间中的人物和事件，在文本中描写到，在枝子的眼中，整个厨房都散发着柔和的希望光芒，"所有的味道，都在默默地记录着"① 她的人生，是她的起始处和落脚处。这里的"出发点和停泊地"就意味着悍女形象并非专属于家庭叙事空间，而是流动于家庭与公共叙事空间。作为女强人，她已然不惑。"这么多年来，枝子从小就是个柔弱、听话、没有主意、容易哭的孩子，经过这么多年的千锤百炼，她现在已经是商场上赫赫有名的新人了。"② 事实上，从小说设置的环境和情节来看，作为一个刚刚摆脱家庭、在外奋斗的新女性，枝子的这种心态不但是她自己没有想到的，就连我们的读者也感到非常惊讶。因为她以前也是处于有丈夫有孩子的一个完整的家庭，可是她对每天琐碎的家务感到厌烦、对单调的婚姻感到厌倦、对老旧的厨房感到乏味，义无反顾地"抛雏别夫，逃离围城"③。如果是遵循常规的发展规律，她是不会再去厨房的。此外，"商界女强人"也是这部作品给她留下的一个很深的印记。虽然以前被限制在小房子里，每天都要照顾丈夫和小孩，忙着琐碎的事务，但她还是毅然决然地走出了这个空间，进入多姿多彩的公共社会空间。经过艰苦的工作和时间的磨炼，她终于有了一个成功的事业，"以前的多愁善感，早已变得像茧子一样坚硬，对一切都漠不关心了"④，可见她是一个能力出众、独立自主、不想居于男人之下的新女性。然而，小说到此

---

① 徐坤：《厨房》，北京：中国言实出版社，2019，第768页。

② 徐坤：《厨房》，北京：中国言实出版社，2019，第769页。

③ 徐坤：《厨房》，北京：中国言实出版社，2019，第770页。

④ 徐坤：《厨房》，北京：中国言实出版社，2019，第769页。

话锋一转。"现在她却偏偏又回来了。回来得又是这么主动，这样心甘情愿，这样急躁冒进，毫无顾虑，挺身便进了一个男人的厨房里。……假如不是当初的出走，那么她还会有今天的想要回来吗？"[1] 其实，她不是要回家，她只是要回"厨房"，"回那个和别人分享的地方。她是一个已经结婚的人，也曾是爱与被爱的人，她很清楚单身和结婚的天壤之别。一个人的房子不是一个家庭，一个人的厨房也不是她想要的厨房。她现在最大的愿望，就是爱上一个人，组建一个家庭和分享一个厨房"[2]。在枝子遇到松泽之后，松泽并没有被她高雅的外貌和举止激起热情，而松泽本人也很困惑，他"偷偷地担心自己的健康。他不明白，当他意识到自己的地位和利益时，任何事情都会变得索然无味，甚至不会有任何身体上的欲望"[3]。

在这里，叙事声音由男主人公松泽进行。而对此，讲述者的回答则是对其社会地位的认同。松泽眼里的枝子，女人的身份早已模糊不清，女投资人才是他所关心的"面貌"。社交的象征，是两性关系中最主要的标准。从文本叙事话语分析来看，当枝子游离于象征着公共空间的"商界"与家庭空间的"厨房"之间时，她的选择既符合自身悍女形象定位，也处于男性中心权力的坐标系；既包括男性视角社会文化的心理积淀，也包括悍女作为女性独立意识欠缺等自身弱点。同时在小说中，公共空间叙事与家庭空间叙事话语方式并行展示，生活的合理与荒谬共存。于是，

---

① 徐坤：《厨房》，北京：中国言实出版社，2019，第 770 页。

② 徐坤：《厨房》，北京：中国言实出版社，2019，第 770 页。

③ 徐坤：《厨房》，北京：中国言实出版社，2019，第 774 页。

枝子被小说叙事者设置在这两个空间交融处，不断地进行形象建构。事实上，无论如何，枝子都面临着道德上的两难生存境地。在这种多元的叙述之声中，女性讲述的话语发出了更加尖锐的问题，当悍女事业独立后，她们的感情又会如何发展？作品以枝子与松泽两人的讲述话语方式，向读者展示了这个无形的公众空间。通过对叙事主体的性别描写与讨论，可以看出徐坤对女性的现实生活深深反思。在这个意义上，《厨房》不仅是一种生存现场，展现两性的差异及女性的内心世界，而且显示了两性在空间叙事中对话的可能与界限，提供了悍女另一种生存模式的思考。即使身处代表权力话语的双重坐标系，面对社会生存万象与多元化的价值观，悍女要想突破自身性格弱点和局限、实现自我主体身份的认知，获得精神与生活的同步独立，仍是一条漫长的道路。

又如方方小说《黑洞》（创作于 20 世纪末）中的玲妈，虽然作者在叙事过程中将玲妈框定在家庭空间中，但事实上她身处家庭却心系国家。正因为玲妈服从的是国家政治伦理，把儿女都送到远方开拓事业，但是通过她的这些筹划，儿女们并没有生活得很幸福，而是出现了各种问题。与她形成鲜明对比的是同样是母亲的"盈月"，在那个号召知识青年上山下乡的岁月里，她冒着生命危险，让自己的孩子们都留在这座城市里，这也就让她在老年时子孙满堂，享受到家庭幸福。小说透露出来隐含作者的观点是，玲妈过着虚无缥缈的生活，是因为她忽略了物质生活的层面，而盈月会如此卑鄙，是因为她忽略了人生的真谛层面。在家庭与国家道德的矛盾面前，个人应该如何抉择？方方以

"我"的抉择，来表现她对这个问题的思索："我不逃避真实的生活。我要想一想，我的脆弱的双臂是否能够承受玲妈一样的梦想、使命、义务，以及由此而产生的孤独和空虚。"[1] 从小说叙事者的角度来看，无论玲妈做出什么决定，面对自己的事实，自己做出决定，自己去承受，这才是当代家庭道德的核心[2]。在这篇小说中，玲妈的确是身处家庭空间中的生命个体，因为她作为一名女性、一个母亲，没有完全与家园脱离关系。但是她对家庭空间及这个空间中的子女成员是保持一定距离的。同时也是属于公共空间的，甚至可以说，她与公共空间伦理关系联结得非常紧密，是多于她与家庭空间的联系的。原因就在于玲妈对国家社会层面的大公无私和高度责任感，积极响应了国家对社会正义和奉献的号召，最终导致作为个体的玲妈消失于公共空间叙事的伦理选择和表达中。

莫言的《红树林》（1999 年底完成）展示了女主角林岚在政治上的贪婪和阴谋，揭露了权色交易以及权力的腐化破坏了善良美好的人物，红树林变成了理想的乌托邦，再也不能回去了。林岚是一名身负重任的副市长，她长得漂亮，家庭条件很好。林岚年轻的时候，性格乖巧、心地单纯。因为林岚的恋人马叔自卑胆怯，不敢追求自己的幸福，林岚与智障者秦小强结了婚成为夫妻。最后，她的公公秦书记，在她的洞房花烛之时将她给强奸了。林岚接着生下一个儿子取名为大虎。林岚在权力和地位的驱使下，以自己的肉体和欲念为一种政治资源，不但维持着与公公

---

[1] 方方：《黑洞》，长春：时代文艺出版社，2001，第 361 页。

[2] 赖翅萍：《未竟的审美之旅——论新时期女性小说对日常生活的诗性探寻》，郑州：河南大学出版社，2011，第 205 页。

的不齿关系，同时也在金大川、钱良驹这些凶狠残暴的男子中间不断周旋。

在《红树林》小说叙事的设置中，公共空间与家庭空间的叙事声音同时存在。悍女林岚通过身体利益的交换，既为自己获取了更高的政治职位，也让内心的愤怒和耻辱得到了宣泄，她认为可以利用这种关系扭转自己在婚恋中被动的地位，能够光明正大地去追求自己的欲望，凸显了小说叙事者在悍女形象建构过程中矛盾的性别意识。事实上，林岚的内心一直在追求着真挚的情感，她特别关注自己的内心感受，对于自己的一切行为她都试图从情感的角度做出解释，努力让自己按照内心的想法作出选择。然而，由于林岚受到了物质利益和权力的多重诱惑，她的身体欲望不断被规训和压制，最终走向了男性气概的顺从与异化。林岚虽然拥有较高的职位，但是由于她的女性身份特征，一样要被动地接受男性的欲望，甚至必须无奈地为施暴者延续种族，最终只能被生命的原始欲望所异化，女性的身体从实体变成男性道德审视、多重欲求的载体。

作为悍女的林岚，她在逼仄的政治权力倾轧中，依然无法克服自身的女性弱点。其中体现在权力层面的弱点即为，"女性之于权力的追逐，即可理解为对男性本质抑或标准的趋同；这显然是一个女性自我放逐的过程。在此过程中，女性其实无意加剧了性别秩序的不公平程度，……必然会以牺牲某些女性化本质作为代价"[1]。正是由于林岚的身体受到了重叠而不对等的社会规训，一方面由于身体被同质化、机械化，"压制了她的欲望、情感或即将被根除的行

---

[1] 路文彬：《视觉文化与中国文学的现代性失聪》，合肥：安徽教育出版社，2008，第161页。

为形式"[1]，另一方面"促进了女性个体新能力的发展。这些能力将作为身体本身的他者出现，并成为改造身体的媒介。换句话说，这种与身体疏离的产物就是个体身份的发展，它恰恰被认为是身体的'他者'，并与身体长期对立"[2]。然而在这个身体的他者出现的过程中，林岚的身体不仅失去了女性特质的内涵，致使去自然化了，而且开始出现一种新的身体功能，"即身体成为一个纯粹关系性的术语，它不再象征任何具体的现实，而是用来辨别阻碍理性统治的任何障碍"[3]。进一步说，在公共空间叙事过程中，小说作者所刻画的林岚这个悍女形象，意在凸显其陷入至性、世代和权力的园囿之中。然而通过小说作者的叙事料理，林岚即使深陷于上述三者的园囿，这并不妨碍她充分发挥主观能动性，对自我情感和欲望的主体性展开积极的体认与追求。事实上，我们在分析公共空间叙事中的林岚等悍女形象时，首先要厘清当前世界文化背景下的"性""世代"和"权力"之间的关联。"几乎人类所有的文化都以不对称的非左即右二元论为指导按照社会相对性别完成分类"[4]，我国社会的传统文化结构也不例外，同样存在着两者的不对称性。"性和世代的分类从开始就不对称。尤其是世代，对其分类本质上就是时间先后而形成的不对称，这也表示绝对平等的亲子关系不可能存在"[5]，也就是说，"性"和

---

① ［意］西尔维娅·费代里奇：《凯列班与女巫：妇女、身体与原始积累》，龚瑨译，上海：上海三联书店，2023，第 206 页。

② ［意］西尔维娅·费代里奇：《凯列班与女巫：妇女、身体与原始积累》，龚瑨译，上海：上海三联书店，2023，第 206 页。

③ ［意］西尔维娅·费代里奇：《凯列班与女巫：妇女、身体与原始积累》，龚瑨译，上海：上海三联书店，2023，第 207 页。

④ ［日］上野千鹤子：《父权制与资本主义》，邹韵、薛梅译，杭州：浙江大学出版社，2019，第 63 页。

⑤ ［日］上野千鹤子：《父权制与资本主义》，邹韵、薛梅译，杭州：浙江大学出版社，2019，第 63 页。

"世代"这两者是动态的变量关系。而这个变量关系在权力的作用下，又释放到不同空间的生产权力与再生产权力、生产权力与消费权力角逐的动态过程中。在这个过程中，逐渐从"家庭制共同体"走向公共空间的女性，既是"性"与"世代"的生产者也是再生产者，同时又是"性"与"世代"生产权力关系的消费者。林岚在其丈夫与公公之间的情感周旋，也即进行着生产权力与消费权力的三角追逐。在这个意义上，林岚被迫顺从成为"性"与"世代"的再生产者，不仅成了暴力接受者也成了暴力的实施者。于是，步入公共空间后的林岚，在政治权力生产与再生产、生产与消费、施暴与被施暴的纠缠中，其女性本质事实上是被遮蔽和忽视的，或者说她主动放弃了自己的本质。女性身份和个体意识由于披上了政治权力价值的外衣而被悬置。而且，由于权力主体关系的倒置发生异化和突变，"对女性性别真理价值的严重无视"①。因此，林岚的暴力冲动虽然来自向往男性气概的心理，然而与女性的性别正义无关，最终归结于男性气概的胜利。林岚暂时得到了情感上的宣泄，生理上也得到了慰藉，让她暂时拥有了面对外界尔虞我诈的勇气，让她感受到了一丝温情和尊重。但是这种暂时的内心宁静也让她和外界的距离拉得更远，让她在社会的边缘上一直纠缠于自己的欲望、情感和利益，充满了讽刺的意味。

随着林岚权势欲望的膨胀，小说叙事态度也在转变。从开始倍加同情，到后来这种同情越来越稀薄，但是毋庸置疑的是，作者在公共空间叙事中构建悍女形象的主体时，其叙述思想的出发点仍然是同情和保护女性这个脆弱的群

---

① 路文彬：《视觉文化与中国文学的现代性失聪》，合肥：安徽教育出版社，2008，第162页。

体,流露出不赞同女性进入权力生产场域的观点,隐含了"家庭"这一私人领域才是适合女性安身的观点。

可以说,当林岚等悍女形象由家庭空间踏入公共领域时,她们经历着商品经济大潮的涨落,欲望的泛滥、权力的魔力、精神的荒芜已经成为不容忽视的社会问题。小说叙事者的共同点是,他们持有的是时代大背景下的批判和同情的目光,饱含着对悍女处境切身的理解与愤怒,同时也有对悍女陷入迷茫、焦虑之中的认同和反思。小说的创作者借助于林岚们来表达他们的情绪以及对社会现实的褒贬。公共空间叙事不仅承载着创作者对女性主体身份的认同与形象建构,还发出了强有力的女性声音。从女性主义理论观点来看,"女性声音"是一个和身份地位有着密切关系的概念。关于女性主义的文论认为,中国男权社会漫长的历史中,女性声音一直处于被忽视的地位上,就连历史阐释也将其排除在外,导致现代社会去审视女性声音只能看到其中的空白和缺失,就连所谓的"女性本质"实际上也是男权视角下给出的解释。

因此,女性声音进入研究者的研究范围之中,必须先以反对重构甚至颠覆菲勒斯中心主义的形式,或者说只能以此为武器。如西苏所言,"人类的语言隐藏着无法战胜的敌人,因为这些语言本身就是男人和他们的语言"[1]"女性一直是怎样昏昏沉沉地蜷缩在那话语(男性)之内的啊。因此,当女性开始选择时,她从遥远的地方,从常规,从'没

---

①［法］埃莱娜·西苏:《美杜莎的笑声》,张京媛主编《当代女性主义文学批评》,北京:北京大学出版社,1992,第 202 页。

有'中回来了"①。在这个意义上说，这正是林岚她们这类悍女对自身客体地位的认知，以及对这种地位安排的反抗。波伏娃对于劳伦斯憎恨现代女性的观点进行了批评，认为女性性意识觉醒后，作家却不允许女性表现出来，女性的天生使命就是献身，而不许其夺取②。在传统规定的女性书写中，中外作家观点惊人的一致。男性可以为了获得政治上的优势而把性和情感割裂开来，而女性则没有这个优势；男人是文化和价值的创造者，拥有绝对的权力，而女人只能被性和家庭束缚；但是女性如果走出家庭，通过消费自身的性来换取权势，令人不可理解和原谅。在新时期以来的小说中，受到商业大潮影响下的悍女，在两性相处模式中，几乎都深刻烙上了商品消费时代的印记，甚至把自身看作是满足男性欲望的产品，将性作为其获得权势和物质的一种手段。尤其是在 21 世纪的文学作品中，小说叙事者更多的是"非人格化"地呈现人物形象，而不做道德上的评判与指导。当这些悍女迈向公共空间时，她们所面临的问题与现代文化理念的核心纠缠在一起，"人与人之间相互平等的民主意识、尊重生命主体意识的自由观念、个性解放观念"③等现代性内质，过度膨胀为享乐主义、功利主义、利己主义等弊病。因此，笔者在进行小说空间叙事中悍女形象塑造与伦理特征变迁的研究探讨时，旨在从人性普遍的弱点角度给予最大限度的宽容和谅解。另外一点，在公共空间叙事中的悍女形象建构缺乏对"爱"的认知和沉思。

---

① ［法］埃莱娜·西苏：《美杜莎的笑声》，张京媛主编《当代女性主义文学批评》，北京：北京大学出版社，1992，第 190 页。

② ［法］西蒙娜·德·波伏瓦：《第二性Ⅱ》，郑克鲁译，上海：上海译文出版社，2011，第 298～299 页。

③ 李玲：《李玲现当代文学研究文集》，北京：北京语言大学出版社，2019，第 263 页。

"正是爱的匮乏以及对爱的无知促成了我们后来对弱者伦理的迷恋，余华、苏童、莫言等争先恐后地庆贺着弱者的成就，把苟活者的胜利当作唯一且最高的人生价值。"①

---

① 路文彬：《论当今小说创作中的一种致死病症》，《南方文坛》2017年第6期。

第五章　当代空间叙事中的悍女
　　　　形象伦理反思

　　通过上述对新时期以来小说中家庭空间叙事以及公共空间叙事中悍女形象建构的论述，笔者进一步分析家庭空间叙事与性别伦理、公共空间叙事与社会伦理的深层关系，论述这些形象在家庭空间叙事中所具有的社会学、伦理学方面的意义，从而揭示悍女形象在空间叙事中的伦理实践及其价值。

第一节　出发与创造：
家庭空间叙事与性别伦理反思

社会性别理论认为，"女人并不是生就的，而宁可说是逐渐形成的"[①]。在人社会化进程中，传统观点已经建构了男性与女性的差异和对立，在公共空间获得收益是男性的职责，也可以说是男性的权利，而女性只能在家庭空间负责养育后代、照顾家庭等劳动。中国传统的"君子远庖厨"的观点，实际上就是一种男性中心视角下的传统性别分工。但当代社会现实是，新时期以来人们的个体意识逐渐兴起，广大年轻人特别是年轻女性的精神情感状态发生了很大变化。在自主意识的主导和催生下，她们开始正视来自生理层面和心理层面的欲望，也拥有了表达追求享受欲望的勇气，体现了女性个体在物质和精神自由度的新发展。这些女性开始追求更为实用的以满足自我欲望为目的的价值，一方面填补了传统女性观念的道德真空，却也为个人利己主义的滋生和泛滥提供了温床。部分女性在强调自我意识和自我利益的同时，并没有一同关注他人的利益和自己应对他人承担的责任，失去了家庭美德和公共道德。

在农村的家庭空间，传统模式已经无法继续传递，甚

---

① ［法］西蒙娜·德·波伏娃：《第二性 II》，陶铁柱译，北京：中国书籍出版社，1998，第 309 页。

至都无法维持。与此同时，新的能够让女性自我意识得到体现的家庭模式还没有建立，女性原本承担的家庭责任落空。如留守在村里的年迈老人无人照顾，孩童无人管教，在农村这种现象直到现在依然大量存在。因为从农村传统文化的观点来看，女性就是家庭责任的主要承担者，在比较家庭的利益和个人的利益时，应该将前者的重要位置放在后者之上，按照这个逻辑，女性就应该在家里面照顾老人和孩子。

然而，随着时代发展变迁和伦理实践空间范围的扩展，这一观点明显和农村现实存在冲突，很多女性都会和丈夫一起出门打工，既是为了增加收入，也是为了保持家庭稳定。而女性走出家庭并有了独立经济收入之后，便会开始接受城市中相对独立自由的新理念，不容易受到传统观念的束缚。对于男人来说，这也就意味着他们再也无法彻底约束和禁锢女性。这类女性和之前相比，自我欲望情感的表达及实现成为关注的重点，自己人生的主要任务也不再是"相夫教子"。

这就不得不提起现代文学中具有代表性并且产生深远影响的悍女形象"娜拉"。

从社会伦理学的意义上看，她作为特立独行的女性形象代表，在"出走"之后必然要涉及身体和生计的问题，连带的就是女性的工作权等政治权利。"性别既是身体的也是文化的，女性主义理论有力证明了在性别建构基础上，文化作为一个普遍问题的深远意义，并将性别视为一种独立身份。"[1] 从女性形象建构的角度来看，"娜拉的关门声"

---

[1] Nancy J.Chodorow. Gender as a Personal and Cultural Construction[J].Signs,1995,3(20):518.

是一个隐喻，具有双重象征意义：她把菲勒斯中心主义的社会价值观锁在隐喻家庭叙事空间的"门内"，同时暗示具有自我指称的叙事场域进行建构的可能性。关上象征父权夫权的家门，暗示着构建女性自己生活空间的可能性，有了独立的生活空间，独立的思想才有生长的基点。"出走"而非"逃离"成为"五四"新青年与传统社会主流思想决裂的表征。但现代文学中"五四"女性主义文本中的"出走"不仅仅是对旧式家庭的反抗，更象征着与旧女性的文化生存状态彻底决裂，这对于建构一个具有自我指称意义的叙事空间具有重要的意义①。女性独立需要一个特定的空间，然而当时的主流社会不具备为这类敢为人先、敢于独立的女性提供立足之地的条件。因此庐隐在作品中构想出女性出走家庭空间之后的社会公共生存空间，即"左绕白玉之东，右临轻缓之流"的海滨小屋。

可以说，只有"出走"是不够的。反抗传统的新知识女性只有具有独居空间这个先决条件，部分地脱离传统社会主流价值判断的桎梏，才有可能关注自身，反省内心世界。也只有回到女性主体的本身，提升主体性别意识，从而实现理性的自由和具有完整人格的自我。

同理，如果说在当代小说家庭空间叙事中，悍女选择成为另一个出走的娜拉，那么就要坚持在家庭空间中保持自身的女性特质，而非全盘接受男性理性启蒙而异化为彻底的男性气概。即使最终"出走"的悍女又重新回归家庭空间，那么基于自由权利的主体意识，她也是为了重新出

---

① 崔蔚：《"五四"以来女性文学中女性主体性的建构——兼论隐形空间中的集体型叙事声音模式》，《开封大学学报》2009 年第 12 期。

发，去创造新的可能。回归不应当是被迫而是主动的，回归所指向的，不应该是一个没有实际内容的空泛存在，而应该是指向于历史的存在者本身，并依据其存在的伦理意义和价值进行思考与实践。只有这样，作家笔下的女性形象才能成为真正的存在者栖息于自身，才能获得相对的自由度和灵敏度，以发出女性个体声音的方式完成对具有自我指称的叙事空间的自我完善和形象建构。

张辛欣《在同一地平线上》的女主人公在婚前对爱情充满了理想主义的向往与追求无可厚非，然而当她与男主人公步入家庭婚姻后，无法忍受婚姻的平静安宁，在理性与占有意识的引导下异化为有彻底男性气概的女性，执着于离开家庭空间以追逐事业和学业，与男主人公处于情感与事业双重对抗的状态中，双方最终走向了离婚的境地。从女主人公在小说叙事中的表现看，她看似是作为"主体"为自身发展努力争取存在权和发展权，实则女主人公肤浅地认识爱情与婚姻的关系，也忽略了婚姻中责任与义务是共存的这一点，也就不可能妥善处理婚姻中权利与义务的辩证关系。

实质上，"只有婚姻才能让爱情更显高贵。只有婚姻才能让爱情拥有恒久的形式。其他性爱的、美感的，以及所谓的初体验，这些东西总会销声匿迹。没有婚姻的证明，爱情也会悄然凋零。"[1]"义务仅仅限制主观性的任性……所以，义务所限制的并不是自由，而只是自由的抽象，即不自由。义务就是达到本质、获得肯定的自由"[2]。于是，

---

[1] ［德］哈洛德·柯依瑟尔、欧依根·马力亚·舒拉克：《当爱冲昏头》，张存华译，上海：华东师范大学出版社，2013，第173页。

[2] ［德］黑格尔：《法哲学原理》，范扬等译，北京：商务印书馆，1961，第168页。

她以"她者"身份站在了婚姻的对立面,与婚姻的本质相悖而行。"婚姻具有'真理的力量',可以让你看到自己的本相,看到你的一切缺点"①。唯有通过在婚姻中的历史性生长,女性才能在真理力量的推动下正视和反省自身,将本相与缺点吸纳到自身之中而非自身之外。正如克尔凯郭尔所指出的,"看,这就是你为什么畏惧和平、安宁和静止的原因了。只有在有着对抗的时候,你才处于你自身之中,但因此你就从未真正地处在你自身之中,而是不断地在自身之外。就是说,在你吸收占据了对立面的那一瞬间,就又会有宁静出现。因此你不敢进入这一瞬间;然而结果就是这样,你和对立面相互面对面地对峙着,结果就是你不在你自身之中"②。而爱情则由于形式的不固定,是一直在变化流动的。诚如拉罗什福科所言,"爱情的坚贞不渝实际是一种不断地变化无常,这种变化使我们的心灵相继依附于我们的爱人的各种品质之上,给予其中一个以偏爱,又迅即转到另一个。因而,这种坚贞不渝不过是发生在同一主体中的一种停而复行的变易"③。

可见,婚姻由于形式的相对稳定,相比冲动自私的爱情是更加宁静平和、也更加具有包容性。透过婚姻的平静与包容,也意味着婚姻并不强调瞬间的征服感、占有欲,而是内化为历史的存在感——这种存在感既以始为终,又共同翘首未来。对于爱情与婚姻的异同,克尔凯郭尔继续指出,"罗曼蒂克的爱情在其自身之中继续保持处于抽象状态,

---

① [美]提摩太·凯勒、凯西·凯勒:《婚姻的意义》,杨基译,上海:上海三联书店,2015,第149页。
② [丹麦]克尔凯郭尔:《非此即彼》,京不特译,北京:中国社会科学出版社,2009,第148页。
③ [法]拉罗什福科:《道德箴言录》,何怀宏译,长沙:湖南文艺出版社,2010,第68页。

而如果它无法得到任何外在的历史，那么，死亡就已经潜伏在那里等着了，因为它的永恒是幻象的。婚姻性的爱情以占据为开始，并且获得内在的历史。"① "只有那内在的历史才是真正的历史"②。这也意味着，一旦婚姻缺乏内在的历史，也就从历史空间中剥离了爱情，爱情也不复与婚姻并存，那么爱情将消失在婚姻的始终。《在同一地平线上》中的女主人公就越发感受到，当爱情消逝以后，婚姻带给她的怅惘感与失落感："有些人还羡慕过我的选择呢！然而，我现在却知道了，一个男子汉并不一定能做好丈夫，像他，能把旁人的话都当耳旁风，不动声色、不动摇地夺他要争到手的东西。……在一起生活，他却什么都不能给我！他只打算让我爱他，却没有想到爱我、关心我。我觉得，他只要得到家庭的快乐和幸福，而我却要为此付出一切！"③

　　在婚前，男女主人公的爱情虽未消失，然而女主人公没有深刻领悟到如何让爱情在婚姻中获得成长的真谛。她沉迷于爱情的眩晕光圈里，甚至一度因为别人的羡慕而为之沾沾自喜。尔后，她发觉婚姻家庭空间中的性别竞争无处不在，甚至没有退步的余地："也许到现在，他从来没有想过，在生活的竞争中，是从来不存在绅士口号：女性第一。我们彼此一样。我还能再退到哪里去呢？难道把我的一点点追求也放弃？生个孩子，从此被圈住，他就会满意我了？"④在失落与焦灼的心理状态下，女主人公感到了无止境的危机感和挫败感："等到我自己什么也没有了，

---

① ［丹麦］克尔凯郭尔：《非此即彼》，京不特译，北京：中国社会科学出版社，2009，第 143 页。

② ［丹麦］克尔凯郭尔：《非此即彼》，京不特译，北京：中国社会科学出版社，2009，第 138 页。

③ 张辛欣：《在同一地平线上》，《收获》1981 年第 6 期。

④ 张辛欣：《在同一地平线上》，《收获》1981 年第 6 期。

无法和他在事业上、精神上对话，我仍然会失去他！"①"当我没有把自己的爱好和追求当作锻炼智力的游戏和装饰品，从开始到现在，我都无法保持我和他之间的平衡，无法维持这个家庭的平衡。我还是什么也得不到……"②"……我想起来，当我和他一起生活的时候，我越爱他、想要依赖他，越会落入一种磁场偏离似的状况里，我有时会突然想到'我呢？''我上哪儿去了？'有时，我很想逃出去，找个安静的地方，弄清属于我自己的全部思想、愿望和追求。"③

小说将女主人公的复杂而矛盾的心态刻画得非常细致。她既爱丈夫又想逃离、既想竞争又怕失去。那么，爱真的就注定会在婚姻中消失吗？婚姻就一定是对男女两性彼此一生的束缚和羁绊吗？弗洛姆从存在与占有的视角，指出爱情和婚姻两者之间的深层次的历史性关联："在求爱期，一方与另一方的关系还不稳定，爱着的人都在试图去赢得对方。他们生动活泼、富有吸引力和令人感兴趣，甚至可以说是美的，因为富有生气会美化一个人的面孔。这时，谁也没有占有谁，每个人都将其精力集中于存在，也就是说，去奉献和激励他人。婚后的情况往往会发生根本的变化。婚约赋予双方占有对方的身体、感情和注意力的专利权。不用再去争取别的什么人了，因为爱情变成了人的占有物，变成了一份财产。"④在弗洛姆观点里，存在指的是"一种生存方式，在这种生存方式中，人不占有什么，也不希求去占有什么，他心中充满欢乐，拥有创造性地去发挥自己

① 张辛欣：《在同一地平线上》，《收获》1981年第6期。

② 张辛欣：《在同一地平线上》，《收获》1981年第6期。

③ 张辛欣：《在同一地平线上》，《收获》1981年第6期。

④ ［美］艾里希·弗洛姆：《占有还是存在》，李穆等译，北京：世界图书出版公司，2015，第34页。

的能力，以及与世界融为一体的愿望"①。占有"这一生存方式并不是通过主体与客体之间一种有生命力的、创造性的过程建立起来的，它使客体和主体都成为物。两者之间是一种僵死的关系，而不是有生命力的关系"②。由此可见，和存在不同的是占有虽然也是一种生存方式，但是它是缺乏生命力和创造力的，是对人的爱情和欲望的物化。

于是不难发现，《在同一地平线上》女主人公由于将"占有"看得过重，在婚姻中爱与自我的缺失一直患得患失，最终在权衡与对比中逐渐落入男性权力的性别伦理圈套，而她与男主人公的最终分道扬镳，也并非伦理意义上实质的离婚，正如黑格尔所述，"婚姻本身应视为不能离异的，因为婚姻的目的是伦理性的，它是那样的崇高，以致其他一切都对它显得无能为力，而且都受它支配。婚姻不应该被激情所破坏，因为激情是服从它的"③。而离婚后的他们最终依然能够和解，也证明了他们的婚姻并无幸福可言，充其量是传统情感上的惺惺相惜。

罗素指出，"有文化的男女从婚姻中得到幸福是可能的，但是他们必须满足几个条件。那就是，双方必须有绝对平等的感觉；对于相互间的自由不能有任何干涉；身体和肉体必须亲密无间；对于各种价值标准必须有某种相似之处"④。由于男女主人公对占有的任性追逐，他们之间指向历史存在的爱已经荡然无存。而且，在家庭叙事空间中悍女们的反抗与服从都是出于情感上的趋利避害，而非为

---

① ［美］艾里希·弗洛姆：《占有还是存在》，李穆等译，北京：世界图书出版公司，2015，第7页。

② ［美］艾里希·弗洛姆：《占有还是存在》，李穆等译，北京：世界图书出版公司，2015，第65页。

③ ［德］黑格尔：《法哲学原理》，范扬等译，北京：商务印书馆，1961，第179～180页。

④ ［英］罗素：《婚姻革命》，靳建国译，北京：东方出版社，1988，第96页。

了获得自由和重生。家庭叙事空间中的悍女看似态度坚决，然而在遇到更加强大的力量与权力时，便会发生自我怀疑和转向。如路文彬所指出的，"当主体服从的意志不再是缘于主动的行为时，自由的真理要求必须反抗，而反抗则首先必须承当起孤独的痛苦"①，海德格尔也认为，"孤独并不在一切单纯的被离弃状态所蒙受的那种散乱中成为零星个别的。孤独把灵魂带向唯一者，把灵魂聚集为一，并因此使灵魂之本质开始漫游"②。在伦理意义上说，这些悍女形象是无法做到反抗与服从的辩证统一的。因此，在这个家庭叙事空间中，悍女能展开和实现的行动就是做出非左即右、非此即彼的伦理选择。

---

① 路文彬：《中西文学伦理之辩》，香港：中国文化战略出版社，2019，第 148 页。

② ［德］海德格尔：《在通往语言的途中》，孙周兴译，北京：商务印书馆，2004，第 59 页。

第二节　能顶半边天：
公共空间叙事与社会伦理反思

在新时期以来小说中的公共空间叙事，笔者继续深入探讨悍女形象有了怎样的社会伦理意义上的沿袭与变迁，从关于政治和经济秩序的思维方式以及关于社会符号秩序的集体与个体关系等方面，来进一步对悍女形象进行社会伦理反思。

从"十七年"小说到新时期以来的小说，从最初喊出了"妇女能顶半边天"口号阶段开始，在性别话语表述中代表着女性文化的符号就在不断地变化，其中包含的隐藏意义就是新时代性别话语权对于男性含义和女性含义做出新的解释。同时也开启了对于女性生存与经验充分的自觉意图与意义。在边缘与主流的试探中，悍女形象的生存与经验流变过程，充分显露了其与当代中国社会经济建设与日常生活变化之间存在的深度契合。

《小丫扛大旗》作者黄宗英从 1958 年上山下乡开始，她的演员生活渐渐淡出，作家生活渐渐淡入。和乡亲们一起修路、开河、插秧和割稻。在 1963 年春天，黄宗英来到河北公社深入生活，正是这里，有着司家庄的邢燕子队和小于庄的铁姑娘队。这两个农村生产队的姑娘们，自力更生、艰苦奋斗，变穷村为富队的奇迹，在当时引起了强烈的震动和反响。她根据自身的生活经历和感触，创作出《铁姑娘》《特别姑娘》等作品，也是她深入作家生活的印证。事实上，"铁姑娘"作为具有男性气概、能力的女性的称呼，能获得人们的热切追捧，也是在全民炼钢时代背景下产生的必然结果。"铁"代表着坚硬或者刚强，意味着农村女性身上所蕴含和被赋予的男性气概和品质，也意味着女性敢于承担起原本只属于男性权力范围内的责任的态度。"铁姑娘"张秀敏等女性表面看起来是柔弱的，但是她们敢于像男人一样去刨荒草辟良田，表现出了女性强者的姿态，同时还积极学习文化、创办科学实验站。一群柔弱的黄毛丫头，就在这些活动中逐渐长成了优秀的"女青年"，成了"党的女儿"，心中装着伟大的理想，用自己的双手去创造美好的生活。当然，这一群体的个体精神及价值是在一个大主题的框架之下才得以实现的。

小说作者对于她们在思想与行动上的变化进行了生动的描写，并为这些人物形象设置了深层次的外在社会动机和内在心理情感动机：首先，她们是为了追求伟大的共产主义理想，要让穷队富起来，努力建设社会主义，她们的奋斗是为了解放天下被压迫的人民；其次，这些女性在党的培养下成长，时刻听从党的召唤。

无论是在枪林弹雨的战争年代，还是在当前热火朝天的革命运动之中，她们都是"党指向哪里，就攻向哪里，高举红旗，勇往直前"①。在这样的背景之下，由于身体的消失，女性特质与身体欲望对于"铁姑娘"们实现自身的个体价值都不再有任何影响或者干扰，而能够决定个人价值实现的因素只能来自社会和阶级层面，性别表述的地位已经被阶级表述或者革命表述所取代。"铁姑娘""女同志""女青年"已经失去了蕴含女性气质的性别含义，只是一个文化符号，这也就意味着不再需要根据家庭角色或者性别功能来确定女性的主体身份，女性也不再是为男性满足欲望而存在的"性的对象"，而是被男性中心主义同质化，和男性同样由其社会角色来确定地位，在政治上是否对党和国家保持忠诚成为界定其社会角色与地位的标准。新的性别话语并不注重考虑性的差异，而力图实现绝对的平等，努力实现个体的个性，最终的结果只能是严重束缚女性的性别欲望和性别表现。

　　从"十七年"进入到新时期，随着西方女性主义思潮的引入和传播这种来自社会内部的思想也影响到了大众的现实生活，当时女性的发型、服装样式以及日常语言、表情等，甚至大众对女性的审美评价标准也发生了多元变化。这一现象在 20 世纪 80 年代初期就展开了热烈的讨论，文学文化领域尤其是男性知识分子群体对于女性的"雄化"问题进行了批判与反省。笔者认为，这种讨论与批判代表了一个时代的特征，其来自固有的男性中心主义意识形态的影响，也代表了当时社会伦理的内在需求。更重要的是，身体感觉从消失到回归的变迁，也预示着时代对于悍女形象之中所蕴含的女性特质，从漠视忽略走向了赞赏肯定。

---

① 黄宗英：《小丫扛大旗》，《人民文学》1964 年第 6 期。

在公共空间叙事中，悍女形象出现了从"铁姑娘""特别姑娘"到"三八红旗手""红色娘子军"，从"假小子"到"女强人"的形象称呼变迁，不仅是具有性别话语特质的，同时也是顺应时代社会伦理要求的裂变衍生和多元分化出现的必然结果。随着时代的发展，职业女性、女性知识分子在面对家庭、两性之间做出社会和伦理的权衡与选择。可以发现，在社会风俗和伦理、性别社会心理学、性别话语深刻影响到女性形象的塑造和想象。新时期以来小说中的悍女形象通常生活在社会转型的关键阶段，她们掌握了一定水平的科学文化知识，具有参与公共事务管理的能力，拥有良好水平的职业素养。从外表形象和个人品质上看，这个群体的女性更具有现代女性的特点，她们接受过现代教育，通过工作走进了公共领域，拥有一定的财富和权力，可以在社会上和男人一样通过施展才华与谋策来让自己获得更大的利益，可以有摆脱社会最底层生存状态的野心，面对性可以不再忸怩，性的态度不再是为了延续后代，可以是为了让自己得到宣泄，也可以用性为自己换取更多的资源和利益。

因此，在社会伦理和性别话语的双重影响下，新时期以来小说中的公共空间叙事中呈现了对悍女形象个体化差异的塑造具有必然性和策略性。同时，悍女形象在其社会和伦理与性别话语的空间实践中，蕴含了空间叙事的张力和要素，对空间伦理意义有一定的塑造功能，这也体现出作家们的创作意识和个体认知。

但是，笔者也注意到，这种"个体性"反抗的不仅是对权力权威的无差异认同，也反抗男女二元对立的性别立场。也就是说，这种"个体性"并非表示对权力的认同，也没有体现性别独立，而是体现在个人差异之中，显示着悍女作为女性个体的性别特质，也彰显着这一类别的女性区别于其他类别女性的特质。而女性出现的形式也不是以男权社会为设定之下的反叛力量，而是以女性个体差异性和独特敏锐性的形式出现。构建这一形式的基础是个体的真实性，也就是这样的个体上体现了丰富的女性全部性别特征和个体特征。

事实上，公共空间叙事中的悍女形象，不仅是作为一个"人"的文学想象与存在，也是作为在社会、历史以及日常生活中的女性存在。她身上具有最为原始的母性的包容，是自由自在的。这个形象不仅是对传统的承接，也有相对独立的差异，是处于超越和创新过程中的形象，是适应公共空间叙事社会理想期待的持续变化的形象。她的活力并不表现在明确、断裂的完成自身建构，而在于悍女形象可以打破身份的限制而体现出本质化的"真正的我"，在于这一形象可以对自身的界限和疆域进行持续的调整，将女性面对的可能性扩展到更大，让女性需求得到满足。在讲述悍女形象的过程中，作家以文学想象表达了女性的自由渴望，此时悍女形象才能对自身的地位和价值形成认同。这个过程本身就是一个反思和反抗循环往复的过程。

结　语

　　本研究论述了新时期以来小说中悍女形象书写与性别意识的形成与演变，及家庭空间叙事与公共空间叙事伦理中的悍女形象建构。关于悍女形象书写与性别伦理的研究主题，本质上就是文学和社会文化史尝试进行对接与不断融合的过程，是以文学艺术的形式完成想象和真实的历史追问、建构和反思，以实现历史叙述的目的。因此，围绕悍女形象书写及空间叙事伦理这一主题展开研究，不仅是一个文学命题，而且其中也涉及了政治、历史、社会、伦理等不同学科领域的任务和功能，其中既有文学角度的评说，也有其他学科角度的社会感知、重构记忆、历史评价、伦理反思等。可以说，悍女形象叙事在现代文化语境中不是纯粹的文学叙事。将其置于文学研究背景之下，笔者必须探讨的核心问题就是其如何完成叙述，及其来自文学领域和非文学领域的影响因素有哪些。针对悍女形象叙事这一问题展开研究，必然要涉及各个文学发展阶段的各作家群体和个体，从中探索悍女形象叙事发展的方向和脉络。这些因素既是悍女形象叙事产生和发展的重要推动力量，也是促使悍女形象小说力度和深度形成的关键所在，因为这些因素能够对文学制度、读者群体、社会主流意识形态等领域形成直接而深远的影响。对悍女形象叙事展开研究，就必然包括隐藏在文学叙事中非文学因素的研究，例如政治背景、意识形态等，对此进行研究就要深入探讨其进入文学以及和文学结合的方式，揭示这些非文学因素是强行进入文学，还是作家自觉将其统筹于作品内容之中，这些非文学因素和文学结合是对文学的异化篡改，还是实现了二者的融合。

法国思想家福柯深入阐述了"话语"和"权力"的关系，并以此建立了知识考古和知识谱系学。福柯认为，权力不仅会制约人和主体，而且还具有塑造的作用，而话语也是规训和制度的对象，因此揭示权力和话语的关系非常重要。所谓的"话语"或者"主体"，实际上背后都有权力的渗透和控制。对于这一观点，福柯指出"它的任务就是揭示知识理论成为可能性的基础，完成建构的知识系统，以及思想出现在什么样的历史或者现实的假设条件之下"①。

可以说，中国新时期以来小说中的悍女形象叙事话语在意识形态、权力等非文学因素的影响下，无法作为一个独立纯粹的文学概念存在，文学的形成和发展都必然要受到这些非文学因素的影响，只是不同历史时期影响的程度不同。在政治局面紧张，社会主流意识形态高度关注文学的情况下，悍女形象叙事就会受到更多权力、政治等非文学因素的影响。即便是政治形势比较宽松，文学的叙事结构同样会受到权力、社会主流意识形态的影响，只是影响的方式比较隐蔽。一些学者认为，"社会主流意识形态是

---

① 李杨：《抗争宿命之路——"社会主义现实主义"（1942—1976）研究》，长春：时代文艺出版社，1993，前言第 6 页。

文学叙事永远也无法超越的限制，所谓的文学叙事实际上就是意识形态的叙事，它和历史的联系也是以意识形态的方式发生联系"①。

因而，对悍女形象叙事和这类作品进行考察，不仅要考察其和权力、意识形态的复杂联系，同时还要考虑到在政治和权力的影响下文学创作是如何保持文学个性特征的。文学创作和建立自主的文学场域，近年来已经引起了研究领域相关学者的高度关注。之所以学者能够关注到这一问题，是因为近一个世纪以来我国的文学自治性每况愈下，革命战争、政治权力等都是文学的主导者，文学成为一种实用的工具，文学自主性被严重忽略。

20世纪80年代之后，随着改革开放的不断推进，商品文化随之出现，文学创作多元化局面初步形成。但是这一时期的文学创作受到了我国社会主义市场经济价值观导向的深刻影响。同时，国家层面也通过制定相应的文学制度、图书期刊出版发行的政策、有效进行文学机构设置等各种渠道，在文学发展中发挥着强大的影响效应，文学自主场域的建设成效并不十分明显。在新时期文学发展的过程中，社会政治、经济、文化以及金钱和权力，都在从不同角度以各种各样的方式影响着文学的自主性，让本就薄弱的文学场域持续被蚕食。

因而，在这样的社会文化背景下，悍女形象叙事的文学自主性也是一个需要重点关注和思考的问题。悍女形象叙事受到来自政治制度、经济制度以及历史文化等方面的广泛影响，这决定了悍女形象叙事研究的具体方向和内容。

---

① 孟悦：《历史与叙述》，西安：陕西人民教育出版社，1998，引言第2页。

在对各种空间叙事和社会语境背景下的悍女形象进行考察，就是要分析悍女形象和其所在社会的政治、经济制度、权力欲望、市场等之间的关联，探究这些因素建立悍女形象叙事的表现特色及原因，比较家庭空间与公共空间中悍女形象叙事中策略和话语的差异，找出能够传达叙事者意图的叙述重心。在以上这些因素的影响下，笔者进一步深层次探讨悍女形象空间叙事伦理如何实现文学的自主性。不仅如此，笔者还从另一个角度来看待悍女形象空间叙事伦理问题。20 世纪 80 年代以来，社会政治领域对文学的影响逐渐降低，让人们长期被政治因素束缚的心理得以暂时舒缓，此后一直到现在人们在文学创作中已经自觉体现去政治化的意识，于是年轻一代的文学创作者和学者们，更是以后现代主义各种颠覆性理论观点，大张旗鼓地在文学实践中进行文学创作，终于迎来了一个前所未有的广阔空间。但是，一旦文学失去了爱和自由的深度，瓦解了指向和意义，那么很容易在形式迷宫转圈，甚至陷入渴望回归和救赎的困境，20 世纪 80 年代中期涌现出的先锋小说就是一个最好的例证。那么，若像一些学者所倡议的将文学再政治化，也是对文学再生产再消费的一种正向回应。"在当代中国文学领域重新恢复政治化，本质上就是在不能放弃文学自主性和文学理想的基础上，追求和捍卫文学的自主性……不是彻底摒弃政治，而是恢复并增强已经僵化了的政治自觉。"[1] 因而，在文学创作中分析悍女形象叙事的各种影响因素之后，要充分认识到政治、空间等影响因素对这种文学叙事形成的影响和突破，要建构一种能够实现文学本体

---

[1] 何言宏：《当代中国文学的"再政治化"问题》，《南京师范大学文学院学报》2004 年第 1 期，第 158 页。

和体现文学审美特质的文学样式，实现文学的自主性和创造性。而对于 20 世纪 90 年代之后"去政治化"愈演愈烈，悍女形象叙事现实陷入个人主义和失去了反思和追问的现象，笔者也从理论角度对其文学批评，指出其必须进行再空间叙事化、再政治化，但是这并不是说让悍女形象叙事的人物形象、题材语言等各个方面都体现出鲜明的政治色彩。不仅如此，新时期以来小说空间叙事中悍女形象的不同内涵形式的伦理意义也需要加以关注。其中包含有作家的伦理情感、叙事空间的伦理实践，悍女形象在空间叙事中的表达，空间叙事体现出的政治意识形态价值和伦理意义，以及不同时代的思潮理论等。这些都是打破线性时间垄断从而改造空间话语的方式。同时也对作家在文学理论与社会实践中体现出一定的政治自觉提出了希望和呼吁，在重建文学场域的过程中充分发挥作用，将文学实践与反思民族精神高度融合，将性别文化、重构集体和个体经验记忆的现实主义实践结合到一起。

当我们沉浸于文学想象的时空中，重读新时期以来一部又一部来自历史又奔赴未来的文学作品时，我们从认识更多真相的过程中也应该有所启示，启发我们对于人生、文学和历史的关系有了更加深刻的感悟。无论是人生还是文学创作，都要和历史发展的潮流相适应，绝不可能停滞不前。只有唤起历史情怀的爱和希望，女性才不会因为面对过去、把握现在、预见未来而感到焦虑或者迷茫，才不会在超越男性之后找不到精神的家园。从更深层次角度来看，不仅要对女性的存在进行反思，更要对时空背景下如何构建两性伦理关系，以及如何做到两性平等对话等问题进行反思。

参考文献

中文专著：

[1] 艾四林著.哈贝马斯 [M].长沙：湖南教育出版社,1999年.

[2][明]敖英著.东谷赘言 [M].北京：中华书局,1985年.

[3][汉]班固著.汉书 [M].北京：中华书局,1975年.

[4][汉]班固撰.汉书下 [M].长沙：岳麓书社,1993年.

[5]陈厚诚、王宁主编.西方当代文学批评在中国 [M].天津：百花文艺出版社,2000年.

[6]戴锦华著.涉渡之舟 新时期中国女性写作与女性文化 [M].西安：陕西人民教育出版社,2002年.

[7]邓利著.新时期女性主义文学批评的发展轨迹 [M].北京：中国社会科学出版社,2007年.

[8]郭湛著.主体性哲学人的存在及其意义 [M].北京：中国人民大学出版社,2011年.

[9][宋]洪迈著.容斋随笔 [M].上海：上海古籍出版社,1978年.

[10]洪子诚著.中国当代文学史 [M].北京：北京大学出版社,1999年.

[11]蒋冀骋著.近代汉语词汇研究 [M].北京：商务印书

馆 ,2019 年 .

[12] 赖翅萍著 . 未竟的审美之旅 论新时期女性小说对日常生活的诗性探寻 [M]. 郑州 : 河南大学出版社 ,2011 年 .

[13][宋] 李昉等编 . 太平广记 [M]. 北京 : 中华书局 ,1961年 .

[14] 李玲著 . 李玲现当代文学研究文集 [M]. 北京 : 北京语言大学出版社 ,2019 年 .

[15] 李玲著 . 中国现代文学的性别意识 [M]. 北京 : 人民文学出版社 ,2002 年 .

[16] 李银河著 . 新中国性话语研究 [M]. 上海 : 上海社会科学院出版社 ,2014 年 .

[17] 林宋瑜著 . 在纸页间穿行 文学评论与编辑札记自选集 [M]. 广州 : 花城出版社 ,2020 年 .

[18] 刘军茹著 . 中国新时期小说中的感官建构 [M]. 北京 : 五洲传播出版社 ,2020 年 .

[19][唐] 刘知几 . 史通 [M]. 上海 : 上海古籍出版社 ,2015年 .

[20][明] 陆容撰 . 菽园杂记 [M]. 北京 : 中华书局 ,1985 年 .

[21] 路文彬著 . 中西文学伦理之辩 [M]. 香港 : 中国文化战略出版社 ,2019 年 .

[22] 路文彬著 . 理论关怀与小说批判 [M]. 上海 : 东方出版中心 ,2010 年 .

[23] 路文彬著 . 视觉文化与中国文学的现代性失聪 [M]. 合肥 : 安徽教育出版社 ,2008 年 .

[24] 马春花著 . 被缚与反抗 中国当代女性文学思潮论 [M]. 济南 : 齐鲁书社 ,2008 年 .

[25] 孟悦，戴锦华著. 浮出历史地表 现代妇女文学研究 [M]. 北京：中国人民大学出版社,2004 年.

[26] 孟悦著. 历史与叙述 [M]. 西安：陕西人民教育出版社,1998 年.

[27] 乔以钢著. 中国当代女性文学的文化探析 [M]. 北京：北京大学出版社,2006 年.

[28][清] 孙诒让撰. 周礼正义 [M]. 北京：中华书局,1987 年.

[29] 孙隆基著. 中国文化的深层结构 [M]. 桂林：广西师范大学出版社,2011 年.

[30] 谭梅著. 性别文化与现代中国男作家叙事中的女性书写 [M]. 广州：羊城晚报出版社，2017 年.

[31] 佟新著. 社会性别研究导论 两性不平等的社会机制分析 [M]. 北京：北京大学出版社,2005 年.

[32] 王先霈、王又平主编. 文学理论批评术语汇释 [M]. 北京：高等教育出版社,2006 年.

[33][明] 谢在杭著. 文海披沙 [M]. 上海：大达图书供应社,1935 年.

[34] 肖索未著. 欲望与尊严 转型期中国的阶层、性别与亲密关系 [M]. 北京：社会科学文献出版社,2018 年.

[35] 谢冕主编；李杨著. 抗争宿命之路 "社会主义现实主义"(1942–1976) 研究 [M]. 长春：时代文艺出版社,1993 年.

[36] 徐坤著. 双调夜行船 九十年代的女性写作 [M]. 太原：山西教育出版社,1999 年.

[37] 杨春时著. 现代性与中国文化 [M]. 北京：国际文化出版公司,2002 年.

[38] 张京媛主编 . 当代女性主义文学批评 [M]. 北京 : 北京大学出版社 ,1992 年 .

[39] 张文红著 . 伦理叙事与叙事伦理 90 年代小说的文本实践 [M]. 北京 : 社会科学文献出版社 ,2006 年 .

[40][唐] 张鷟 , 范摅撰 . 朝野佥载 云溪友议 [M]. 上海 : 上海古籍出版社 ,2012 年 .

[41] 宗福邦 , 陈世铙 , 于亭主编 . 古音汇纂 [M]. 上海 : 商务印书馆 ,2019 年 .

[42][清] 朱骏声撰 . 说文通训定声 [M]. 武汉 : 武汉市古籍书店 ,1983 年 .

译著 :

[1][法] 阿兰 · 巴迪欧著 . 邓刚译 . 爱的多重奏 [M]. 上海 : 华东师范大学出版社 ,2012 年 .

[2][美] 艾里希 · 弗洛姆著 . 李穆等译 . 占有还是存在 [M]. 北京 : 世界图书出版公司 ,2015 年 .

[3][英] 安东尼 · 吉登斯著 . 赵旭东、方文译 . 现代性与自我认同现代晚期的自我与社会 [M]. 北京 : 生活 · 读书 · 新知三联书店 ,1998 年 .

[4][俄] 别尔嘉耶夫著 . 张百春译 . 论人的使命 [M]. 上海 : 学林出版社 ,2000 年 .

[5][美] 波利 · 扬 – 艾森卓著 . 杨广学译 . 性别与欲望不受诅咒的潘多拉 [M]. 北京 : 中国社会科学出版社 ,2003 年 .

[6][美] 大卫 · 诺克斯 , 卡洛琳 · 沙赫特著 . 金梓等译 . 情爱关系中的选择——婚姻家庭社会学入门（第 9 版）[M]. 北京 : 北京大学出版社 ,2009 年 .

[7][德] 恩格斯著 . 中共中央马克思恩格斯列宁斯大林著作编译局译 . 家庭、私有制和国家的起源・马克思恩格斯选集第 4 卷 [M]. 北京 : 人民出版社 ,1979 年 .

[8][法] 福柯 . 莫伟民译 . 词与物 [M]. 上海 : 上海三联书店 ,2001 年 .

[9][法] 福柯 . 陈怡含译 . 权力与话语 [M]. 武汉 : 华中科技大学出版社 ,2017 年 .

[10][美] 哈维・C. 曼斯菲尔德著 . 刘玮译 . 男性气概 [M]. 南京 : 译林出版社 ,2009 年 .

[11][德] 哈洛德・柯依瑟尔 , 欧依根・马力亚・舒拉克著 . 张存华译 . 当爱冲昏头 [M]. 上海 : 华东师范大学出版社 ,2013 年 .

[12][德] 海德格尔著 . 孙周兴译 . 在通往语言的途中 [M]. 北京 : 商务印书馆 ,2004 年 .

[13][美] 海登・怀特著 . 董立河译 . 形式的内容 : 叙事话语与历史再现 [M]. 北京 : 文津出版社 ,2005 年 .

[14][美] 汉娜・阿伦特著 . 郑辟瑞译 . 共和的危机 [M]. 上海 : 上海人民出版社 ,2013 年 .

[15][德] 黑格尔著 . 范扬等译 . 法哲学原理 [M]. 北京 : 商务印书馆 ,1961 年 .

[16][法] 加斯东・巴什拉著 . 张逸婧译 . 空间的诗学 [M]. 上海 : 上海译文出版社 ,2009 年 .

[17][美] 凯特・米利特著 . 钟良明译 . 性的政治 [M]. 北京 : 社会科学文献出版社 ,1999 年 .

[18][丹麦] 克尔凯郭尔著 . 京不特译 . 爱的作为 [M]. 北京 : 中国社会科学出版社 ,2013 年 .

[19][丹麦] 克尔凯郭尔著 . 京不特译 . 非此即彼 [M]. 北京 : 中国社会科学出版社 ,2009 年 .

[20][法] 拉罗什福科著 . 何怀宏译 . 道德箴言录 [M]. 长沙 : 湖南文艺出版社 ,2010 年 .

[21][英] 罗素著 . 靳建国译 . 婚姻革命 [M]. 北京 : 东方出版社 ,1988 年 .

[22][荷] 米克·巴尔著 . 谭君强译 . 叙述学叙事理论导论 [M]. 北京 : 中国社会科学出版社 ,1995 年 .

[23][德] 马克思 , 恩格斯著 . 中共中央马克思恩格斯列宁斯大林著作编译局译 . 马克思恩格斯全集第 41 卷 [M]. 北京 : 人民出版社 ,1982 年 .

[24][德] 马克思 , 恩格斯著 . 中共中央马克思恩格斯列宁斯大林著作编译局译 . 马克思恩格斯文集第 1 卷·马克思恩格斯文集 1843–1848 年 [M]. 北京 : 人民出版社 ,2009 年 .

[25][美] 玛丽·克劳福德 , 罗达·昂格尔著 . 许敏敏等译 . 妇女与性别 : 一本女性主义心理学著作 (上)[M]. 北京 : 中华书局 ,2009 年 .

[26][美] 玛莉莲·亚隆 , 特蕾莎·多诺万·布朗著 . 张宇等译 . 闺蜜 : 女性情谊的历史 [M]. 北京 : 社会科学文献出版社 ,2020 年 .

[27][美] 莫提默·J. 艾德勒著 . 安佳等译 . 大观念 [M]. 广州 : 花城出版社 ,2008 年 .

[28][美] 南茜·弗雷泽著 . 欧阳英译 . 正义的尺度全球化世界中政治空间的再认识 [M]. 上海 : 上海人民出版社 ,2009 年 .

[29][美] 内尔·诺丁斯著 . 路文彬译 . 女性与恶 [M]. 北京 :

教育科学出版社,2013年.

[30][法]皮埃尔·布尔迪厄著.刘晖译.男性统治[M].北京:中国人民大学出版社,2012年.

[31][法]让-保罗·萨特著.陈宣良等译.存在与虚无[M].北京:生活·读书·新知三联书店,1987年.

[32][美]苏珊·布朗米勒著.徐飚、朱萍译.女性特质[M].南京:江苏人民出版社,2006年.

[33][澳]赛明顿著.吴艳茹译.自恋:一种新理论[M].北京:中国轻工业出版社,2016年.

[34][日]上野千鹤子著.邹韵、薛梅译.父权制与资本主义[M].杭州:浙江大学出版社,2019年.

[35][日]上野千鹤子著.王兰译.厌女[M].上海:上海三联书店,2015年.

[36][德]舍勒著.林克译.舍勒选集(上卷)[M].上海:上海三联书店,1999年.

[37][德]舍勒著.林克译.道德意识中的怨恨与羞感[M].北京:北京师范大学出版社,2014年.

[38][英]苏珊·弗兰克·帕森斯著.史军译.性别伦理学[M].北京大学出版社,2009年.

[39][荷兰]斯宾诺莎著.贺麟译.伦理学[M].北京:商务印书馆,2019年.

[40][美]提摩太·凯勒,凯西·凯勒著.杨基译,婚姻的意义[M].上海:上海三联书店,2015年.

[41][英]沃斯道克拉夫特著.王瑛译.女权辩护关于政治和道德问题的批评[M].北京:中央编译出版社,2006年.

[42][意]西尔维娅·费代里奇著.陈超颖译.对女性的

恐惧：女巫、猎巫和妇女 [M]. 上海：光启书局 ,2023 年 .

[43][意] 西尔维娅·费代里奇著 . 龚瑨译 . 凯列班与女巫：妇女、身体与原始积累 [M]. 上海：上海三联书店 ,2023 年 .

[44][法] 西蒙娜·德·波伏娃著 . 陶铁柱译 . 第二性 II[M]. 北京：中国书籍出版社 ,1998 年 .

[45][法] 西蒙娜·德·波伏娃著 . 陶铁柱译 . 第二性全译本 [M]. 北京：中国书籍出版社 ,1998 年 .

[46][法] 西蒙娜·德·波伏瓦著 . 郑克鲁译 . 第二性 I[M]. 上海：上海译文出版社 ,2011 年 .

[47][法] 西蒙娜·德·波伏瓦著 . 郑克鲁译 . 第二性 II[M]. 上海：上海译文出版社 ,2011 年 .

[48][美] 阎云翔著 . 龚晓夏译 . 私人生活的变革一个中国村庄里的爱情、家庭与亲密关系 :1949–1999[M]. 上海：上海书店出版社 ,2006 年 .

[49][法] 朱丽娅·克里斯特瓦著 . 林晓等译 . 反抗的意义与非意义 [M]. 长春：吉林出版集团有限责任公司 ,2009 年 .

[50][美] 朱迪斯·巴特勒著 . 何磊译 . 战争的框架 [M]. 开封：河南大学出版社 ,2016 年 .

[51][美] 朱迪斯·巴特勒著 . 宋素凤译 . 性别麻烦——女性主义与身份的颠覆 [M]. 上海：上海三联书店 ,2009 年 .

学术论文：

[1] 安乐哲 , 李慧子 . 儒家的角色伦理学与杜威的实用主义——对个人主义意识形态的挑战 [J]. 东岳论丛 ,2013,34(11).

[2] 崔蔚 . "五四"以来女性文学中女性主体性的建

构——兼论隐形空间中的集体型叙事声音模式 [J]. 开封大学学报 ,2009(12).

[3] 程祥 . 温暖黑夜的光 [D]. 硕士学位论文 , 华中科技大学 ,2006.

[4] 程锡麟 . 叙事理论概述 [J]. 外语研究 ,2002(03).

[5] 陈染 . 超性别意识与文艺创作 [J]. 文艺理论研究 ,1995(01).

[6] 杜晓彤 . 池莉小说的家庭伦理关系研究 [D]. 硕士学位论文 , 山东师范大学 ,2015.

[7] 戴烽 . 家庭空间与公共空间 [J]. 青海社会科学 ,2007(06).

[8] 范晓静 . 从公 / 私空间看女性自我认知——以电影《面纱》为例 [J]. 青年文学家 ,2021(26).

[9] 方亭 . 未完成的主体性——新时期中国文学主体性理论之反思与重建 [J]. 社会科学家 ,2008(12).

[10] 付晓旭 . 论苏童长篇小说中的家庭伦理叙事 [D]. 硕士学位论文 , 辽宁师范大学 ,2016.

[11] 郭湛 , 王文兵 . 主体性是人的生命自觉的一种哲学表达 [J]. 唐都学刊 ,2004(02).

[12] 高兆明 . "社会伦理" 辨 [J]. 学海 ,2000(05).

[13] 郝军启 .1980 年代小说的家庭伦理叙事 [D]. 博士学位论文 , 吉林大学 ,2009.

[14][美] 霍尔 , 胡山源 . 社会伦理与两性生活之关系 [J]. 青年进步 ,1923(65).

[15] 黄翠云 . 主体意识建构与欲望空间叙事 [D]. 硕士学位论文 , 浙江大学 ,2013.

[16] 贺桂梅. 三个女性形象与当代中国社会性别制度的变迁 [J]. 中国现代文学研究丛刊 ,2017(05).

[17] 贺桂梅."可见的女性"如何可能:以《青春之歌》为中心 [J]. 中国现代文学研究丛刊 ,2010(03).

[18] 韩晓云. 论方方小说的家庭书写 [D]. 硕士学位论文 , 山东师范大学 ,2018.

[19] 何言宏. 当代中国文学的"再政治化"问题 [J]. 南京师范大学文学院学报 ,2004(01).

[20] 胡莎.《方舟》:"花木兰们"的人生哲学 [J]. 枣庄学院学报 .2019(03).

[21] 姜子华. 女性主义与现代文学的性别主体性叙事 [D]. 博士学位论文 , 东北师范大学 ,2010.

[22] 季红真. 大地诗学中心灵磁场的核心故事——莫言小说的生殖叙事 [J]. 文艺争鸣 ,2016(06).

[23] 刘禾 , 瑞贝卡·卡尔 , 高彦颐 , 陈燕谷. 一个现代思想的先声:论何殷震对跨国女权主义理论的贡献 [J]. 中国现代文学研究丛刊 ,2014(05).

[24] 路文彬. 中国当代文学自我意识的伦理嬗变 [J]. 东方论坛 ,2021(01).

[25] 路文彬. 纳喀索斯的凝视与厄科的召唤——中西视听文化差异初探 [J]. 枣庄学院学报 ,2018,35(01).

[26] 路文彬. 论当今小说创作中的一种致死病症 [J]. 南方文坛 ,2017(06).

[27] 路文彬. 论文学视域中的反抗 [J]. 兰州学刊 ,2016(08).

[28] 路文彬. 爱情幻象下的女性本质疏离——女权主义文学新论 [J]. 中国文学研究 ,2016(03).

[29] 路文彬 . 反抗·希望·拯救 : 中国现代文学主题的伦理性缺欠 [J]. 社会科学 ,2013(08).

[30] 路文彬 . 论中国文化的听觉审美特质 [J]. 中国文化研究 ,2006(03).

[31] 凌燕 . 智者的宽厚与博大 [D]. 硕士学位论文 , 曲阜师范大学 ,2013.

[32] 刘军茹 . 新时期小说的味觉书写 : 单向度主体建构 [J]. 社会科学论坛 ,2018(05).

[33] 刘月香 . 从近年都市婚恋小说看婚恋观嬗变 [J]. 宁夏师范学院学报 ,2007(05).

[34] 李玲 . 主体间性与中国现代男性立场 [J]. 河南大学学报 (社会科学版),2006(02).

[35] 刘再复 . 论文学的主体性 [J]. 文学评论 ,1985(06).

[36] 吕树明 . "香椿树街" 的守望与回归——苏童《黄雀记》中的叙事空间建构 [J]. 辽宁工程技术大学学报 (社会科学版),2016,18(03).

[37] 任亚芳 . 比较池莉与铁凝小说中对婚外恋问题的处理 [J]. 大众文艺 ,2010(18).

[38] 史晓林 . 现代性悲剧俘获的女性——论方方小说中女性悲剧的当代体验 [J]. 山东女子学院学报 ,2019(02).

[39] 陶东风 . 新时期三十年人文知识分子的沉浮 [J]. 探索与争鸣 ,2008(03).

[40] 吴宗蕙 . 一个独特的女性形象——评《流逝》中的欧阳端丽 [J]. 文学评论 ,1983(05).

[41] 王莹 . 从六六小说看都市女性的生存困境 [J]. 时代文学 (下半月),2015(07).

[42] 肖竞, 曹珂. 叙述历史的空间——叙事手法在名城保护空间规划中的应用 [J]. 规划师 ,2013,29(12).

[43] 谢有顺. 文学身体学 [J]. 当代作家评 ,2002(01).

[44] 叶开. 莫言小说中的少女形象 [J]. 南方文坛 ,2014(05).

[45] 张季英. 心理学与伦理学之关系 [J]. 江苏省立第二女子师范学校汇刊 ,1915(01).

[46] 张抗抗. 性与女性——当代文学中的性爱 [J]. 南开学报 ,2006(04).

[47] 张鑫. 论严歌苓小说创作中的 "人性" 主题 [D]. 硕士学位论文, 山西师范大学 ,2013.

[48] 周倩倩. 贾平凹笔下的女性世界 [D]. 硕士学位论文, 山东师范大学 ,2012.

[49] 祖嘉合. 试论女性的主体意识 [J]. 妇女研究论丛 ,1999(02).

英文文献：

[1]Amitai Etzioni.The Spirit of Community: Rights, Responsibilities, and the Communitarian Agenda[M],New York: Crown Publishers, 1993.

[2]Amitai Etzioni, Moral dimensions of educational decisions:the essential place of values-rich curricula in the public schools[J].School Administrator,2008(5).

[3]Avigail Eisenberg.Diversity and Equality:Three Approaches to Cultural and Sexual Difference[J].The Journal of Political Philosophy.2003,1(11).

[4]Eva F.Kittay. Love's Labor: Essays on Women,Equality, and Dependency [M]. New York:Routledge,1999.

[5]Henri Lefebvre. Donald Nicholson-Smith, Trans. The production of space [M]. Massachusetts:Blackwell,1991.

[6]Heller A.Beyond Justice[M].Oxford:Basil Blackwell,1987.

[7]Karl Marx,Werke Artikel Entwürfe März1843 bis August 1844,in MEGA,erster Abteilung,B.2[M].Belin:Dietz Verlag,1982.

[8]Nancy J.Chodorow. Gender as a Personal and Cultural Construction[J].Signs,1995,3(20).

[9]Pearce JM,Charman E.A Social Psychological Approach toUnderstanding Moral Panic[J].Crime,Media,Culture,2011,7(3).

[10]Rachel Karniol, Efrat Grosz, Irit Schorr. Caring, Gender Role Orientation, and Volunteering[J].Sex

Roles,2003,6(49).

[11]Seyla Benhabib.The Generalized and the Concrete Other:The Kohlberg-Gilligan Controversy and Feminist Theory[J].Praxis International,1985(4).

[12]Susan Brownmiller. Femininity[M].New York:Simon&Schuster, Linden Press,1984.

致　谢

　　岁月匆匆，四年的读博时光如白驹过隙一晃而过，也意味着我在北语本硕博十一载的学习阶段画上了圆满的句号。"小联合国"的葱郁梧桐和来园蛙鸣，都是我回忆中最美的风景。在这所独特别致的高等学府里，老师博学儒雅，朋辈互相鼓励，令我深刻地感受到国际多元的语言文化熏陶，受益匪浅。

　　感谢我的导师路文彬先生，他的人格魅力和渊博学识一直引领我全力追求人生真谛和学术精进，他对我日常生活、子女教育的深切关心也让我感动不已。这篇博士论文是在路先生的悉心指导下完成的。从论文选题确定、结构安排、初稿审核到反复推敲字词的修改，直至最终定稿，路老师都对我的研究进行了详细的修改和指正，给予我许多宝贵的意见和建议。在他的谆谆教诲下，这四年时间我在各类学术期刊上发表了多篇学术论文和书评。在这里对他表示我最真挚的感谢和敬意。

　　感谢北语所有在我论文开题、写作和定稿过程中，给予我亲切而无私帮助和关心的老师们。

　　感谢评阅和答辩的老师们。感谢你们能在繁忙的工作中抽出宝贵时间来阅读我的论文，并提出宝贵而中肯的修改意见。在此也对他们表示深深的谢意。

我也要感谢博士生同门及同学们在这四年里的陪伴和鼓励。那些一起学习生活、探讨学术的日子，让我时常想念，难以忘怀。

感谢我的父母和家人，是他们的支持和鼓励，让我在四年边工作边学习的艰辛过程中坚持下来。

感谢我工作单位的领导同事和学生们。有了他们的理解与支持，我的论文写作才得以更加从容，获得更加充分的思考空间和动力。

感谢在我人生道路上给我帮助和提携的所有师长、朋友和亲人。你们对本书出版价值所给予的高度肯定与宝贵建议，都让我对本书即将的面世充满了更多期待。

本书不仅是我在读博阶段取得的一份研究成果，也意味着新的起点、新的开始和新的希望。在今后的生活和学术研究中，我将秉承路先生爱与自由的学术精神，继续追逐和传递文学世界的光与热。

胡莎

2022 年 5 月 10 日初稿

2023 年 12 月 15 日修改